12.5
甜咖啡
圖・手刀葉
在座寫輕小說的各位，全都有病

在座寫輕小說的各位，全都有病 12.5

目錄

作者前言

這本書中的故事與時間線，是以《有病12》的接近結尾處，柳天雲在取回與眾人的羈絆之後，入住怪人屋的地方做為起始。

在這條時間線中，柳天雲的境遇有了微妙的變化，他並沒有立刻通過投稿成為作家，正拚命填補昔日的空白，為了追上周遭的夥伴不斷做出努力。

同樣的，因為柳天雲沒有馬上成為聲名大噪的作家，「有病12」最後的番外篇，受記者所採訪的劇情，也不會發生在本書的故事中。

換言之，本書是以柳天雲重返怪人屋的地方做為起始，進而延伸出的可能性與未來走向。

怪人社的成員們，在離開學校後的生活，也會在本書中揭曉。

希望大家會喜歡。

那麼，故事正式開始。

第一章

從十二開始的同居生活

騷亂。

局勢動盪。

面對眼前的亂象，我不知該做何表情。

於蟬鳴聲響遍社區的夏日夜晚，在怪人屋內，六名少女擠在桌子前。

一本攤開於桌子中央的日曆，此時成為眾人爭搶的目標。

少女們手上都拿著筆，搶著往日曆的空白處寫下自己的名字。

「所・以・說，學長的七月七日是雛雪的!!」

「不准！妳每次都挑連續假期，這次輪到人家了啦！人家也想在假日跟柳天雲出去玩呀！」

沁芷柔試圖擠開雛雪，但雛雪露出堅定的表情毫不相讓。

然而，在兩人相爭時，身材嬌小的輝夜姬，此時從縫隙中鑽入人群裡。

穿著慣常和服的她，賣力地擠到桌子前，然後忽然往窗外一指。

「啊!!雛雪大人、沁芷柔大人，您們看，有月兔從窗外跳過去了！」

「哪裡？」

「在哪裡!?」

趁著雛雪與沁芷柔的注意力被引開時，輝夜姬迅速在七月七日的空白處寫下自己的名字。

這樣的行為，自然引起上當兩人的不滿。

「啊～～～～!!輝夜姬好狡猾，狡猾死了，就算是雛雪也不會原諒這種跟偷腥貓一樣的行為哦，絕對不會原諒哦！」

「嗚……!!妳這傢伙，居然當著本小姐面前……!!」

面對兩人投來的目光，輝夜姬倒是泰然自若。

不光泰然自若，輝夜姬甚至以袖子掩住嘴巴，然後露出笑容。

「……兩位大人，就算在平安時代，也是爭先者為勝哦?話說回來，現在已經不是責備妾身的時候了吧。如果再不快點的話，柳天雲大人的假期就要被搶光了哦？」

「咦咦咦？」

「啊？」

剛才還在爭執的雛雪與沁芷柔，相當有默契地同時轉過頭。

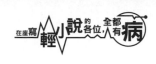

然後她們看見幻櫻、風鈴、桓紫音老師三人趁亂在日曆的空位處不斷填寫自己的名字。

「啊啊啊啊啊，住手、住手、住手，留一點位置給雛雪～～～啦！！！！」

耳聞雛雪的大叫聲，我不禁無言以對。

此時她們爭的是我的假期。

已經忘記是從什麼時候開始這個習慣的，但每當月底，怪人屋的少女們就會拿出日曆，開始瓜分我下個月的假期。

得到我某天假期的人，在當天就擁有獨占我的權力。

陪伴幻櫻、沁芷柔、桓紫音老師時多半是出去玩。

而風鈴、雛雪、輝夜姬則偏好待在家中。

通過一段時間的摸索，我也漸漸歸納出眾人的喜好。

此時日曆的爭搶已經告一段落。

怪人屋內原本洶湧的情勢，終於平靜下來。

在那逐漸緩和的寧靜中，我看向窗外的夜色。

……是滿月。

滿月往往象徵著團圓。

現在怪人屋的大家，確實也已經再次聚首，當年怪人社內的成員，無一遺漏。

一起向目標努力。

共同朝未來邁進。

原本該無憂無慮的生活，最近我的內心卻漸漸生出一絲隱憂。

……此時距離與文之宇宙再次進行交換，取回眾人對我的羈絆與記憶，已經過去兩個月的時間。

我想成為正式的輕小說家，所以必須向出版社投稿。

可是，我辦得到嗎？

哪怕我的寫作意境已經抵達第五念的程度，但那也不過是紙上談兵，在沒有正式成為作家之前，一切都空談。

曾經受到文之宇宙的影響，怪人屋的少女們失去了關於我的記憶，在這段時間內……不管是寫作、繪畫，又或者擔任編輯，大家在各自的領域都取得了耀眼的成績。

所以，在怪人屋的這些少女，都已經是功成名就、初步實現自己夢想的實踐家。

我為她們的成功，感到無比高興與雀躍。

然而，對於此時一事無成的我而言，她們的成就太過耀眼。

耀眼到我開始產生擔憂。

擔憂自己已經跟不上大家，過去受到文之宇宙影響的那段空白歲月，會使我跟不上她們的腳步，不再與眾人並肩而行的資格。

雖然我明白就算我落後了，她們也不會因此介意，對我的態度會一如往常。

但是，我是個除去寫作，就一無所有的無聊男人。

如果在寫作上也毫無建樹，那我將徹底失去自身的價值。

我害怕將毫無價值的自己，展現在最喜歡的大家面前。

所以，內心的隱憂才會不斷擴大、擴大——哪怕表面掩藏得很好，那份重擔依舊沉甸甸地壓著內心，一刻無法鬆懈。

或許也是發現了我的情緒始終有些低落……

所以，怪人屋的大家，才會爭著陪伴我吧。

也正因為感受到沒有出口的溫柔，所以我才必須更加努力。

……不斷努力、努力，直到成長為與她們匹配的夥伴。

胸中的鬱悶始終無法抒發。

……現在，我到底該怎麼做才好呢？要怎麼樣才能締造實績，追上大家的腳步呢？

我來到怪人屋頂樓，想要藉著夏夜的涼風清醒腦袋，藉此整理思緒。

我推開頂樓大門，空曠的頂樓空地出現在眼前。這裡大約有一間教室大小，四處放著栽種各式花卉的盆栽，形成像溫室一樣的陳列擺設。

可是，超乎意料的是——

「咦？」

頂樓已經有人捷足先登了。

在我之前來到這裡的，是一名身材嬌小的少女。她擁有一頭銀白色的秀麗長髮，背對著我，似乎正在欣賞夜景。

此時一陣夜風吹來，帶走夏夜的熱氣。

在那夜風中，少女的頭髮也隨之飄舞飛揚。

「柳天雲，你果然來了。」

風未曾止息，少女就半回過頭看來。

一邊將風中凌亂的髮絲拂到耳後，她在發話的同時，對我露出微笑。

……是幻櫻。

她的語氣，彷彿早已料到我會來這裡。

接著，我與幻櫻幾乎同時開口。

「妳……」

「呼姆，你是想問：『妳怎麼會在這裡』嗎？」

幻櫻轉過身，對我露出似笑非笑的招牌笑容。與剛剛的微笑不同，這是彷彿已經看透人心的笑容。

……可是，確實被猜中了。

我很少被人真正看透，可是幻櫻的面前，我的心思一向無所遁形。

「你還真是好懂呢，擺出那副苦瓜臉，反正又是在一個人私下煩惱——想著『我不能讓大家擔心、我要獨自背負一切』，沒錯吧？」

「我……」

亟欲出口的話語，如鯁在喉。

被幻櫻說中事實的心虛，使我說到一半的話語無法接續。

此時，幻櫻的視線，逐漸從我身上移開。

她張開手，在栽種著各國花卉的盆栽中緩緩踱步。在月色的映照下，就像嬉戲於花叢中的女神那樣耀眼。

然後，幻櫻再次緩聲發話。

「……我明白的，柳天雲。你並不是畏懼失敗，而是害怕孤獨。」

幻櫻的手指，在波斯菊粉色的葉瓣上輕輕拂過。

「……因為你從一無所有的苦痛中，拚命地掙扎、用遍體鱗傷的身軀不斷試圖從絕望的深淵爬出，一切都是如此得來不易……所以，你不想再次失去……待在眾人身邊的資格。」

我靜靜聽著幻櫻的話，有些怔住了。

終於，幻櫻轉過身，向我邁步走來。

她走到我面前，靠近到幾乎可以聽聞對方呼吸聲的距離。在這個距離，她那幾乎會使所有男人折服的美貌，同樣晶瑩耀眼到無一絲瑕疵。

「可是……你似乎誤會了什麼吧？你的煩惱，從頭到尾就錯了方向。」

幻櫻輕輕牽起我的右手。

「……現在，你之所以待在我們身邊，不是因為你的實力強到足以橫掃業界，也不是因為寫作潛力大到令人無法忽視。」

她以雙手，輕輕將我的右手握在掌心。

然後，幻櫻露出溫柔的微笑。

「……你之所以會在大家身邊，是因為你是柳天雲，你是大家的夥伴。大家喜歡你，需要你，不管你變成了什麼樣子，眾人對你的想法都不會改變。」

「……所以呢，不要被多餘的煩惱限制了腳步……不要失去了本心，盡情放手去做你想做的事吧。那樣的你，才是真正的你。」

驚訝的情緒逐漸充斥內心。

緊接著，那驚訝很快轉為沁透內心的溫暖，與無法言喻的深切感動。

……是啊，因為焦躁與不安，我的想法從一開始就錯了方向。

……即使被苦悶與鬱悶的囚牢所禁錮，只要正視現實，一切都將煙消雲散。

想清楚後，對著幻櫻，我致以由衷的感謝。

「謝謝妳，櫻。」

幻櫻一直以來，始終注視著我。

她這次也敏銳地察覺到我的焦躁與不安，所以才會提前來到這裡，告訴我這一切吧。

在我脆弱的時候，幻櫻永遠都在。

在六校之戰中是，現在也是。

幻櫻凝視著我的雙眸，又是一笑後，放開了我的雙手。

「哼哼哼……只是小事而已啦，這有什麼好道謝的？」

輕輕邁開步伐，幻櫻從我的身旁擦過，朝著樓下走去。

在離開頂樓之前，在那逐漸變大的風勢裡，幻櫻最後的話語，飄響於深沉的夜色中。

「……你煩惱的事情不止這些吧？別再產生奇怪的想法困擾自己了，笨蛋。」

幻櫻的那一句「笨蛋」並沒有蘊含惡意，而是濃厚的關切之意。

幻櫻離開後，我望著深沉的夜色，沉默良久後，亦轉身離去。

沿著樓梯逐級下樓，走到二樓樓梯轉角處時，依稀還能聽見一樓客廳處傳來少女們的吵鬧聲。

「……所以說為什麼本小姐只分到了四天？以六分之一的比例去瓜分的話，我不是應該分到五天嗎？」

「……請恕妾身無禮，但是沁芷柔大人……您上次多分了一天，所以這個月自然會相應減少天數。就像蘋果糖吃掉一個就少一個那樣，這是很公平的事。」

「什、什麼蘋果糖啦!!別用這麼奇怪的比喻啦！」

樓下的少女們還在瓜分我的假期。

乍聽之下，這簡直像美少女遊戲裡的男主角才能享有的待遇，是男人夢寐以求的目標。

可是，聽聞這些聲響，我的內心，卻慢慢沉了下去。

……因為我明白。

就算我再怎麼遲鈍，經過這麼多年下來……我也明白了這些少女的、感情所向之處。

並不是自我感覺良好，但是如果告白的話，恐怕沒有人會拒絕我吧。

……當年在六校之戰中，於一次又一次的生死危機中，我曾經成為可信的依靠。

我並不是多麼優秀的人，但對於怪人社的成員而言……那時的我，就是她們獨一無二的英雄。

於是，在懵懂中逐漸成長的愛戀，以燎原之勢點燃了星火。

少女們，憧憬的雙瞳中倒映的色彩，是以戀心編織而成的執著。

也正因為那執著中，夾帶了太多羈絆與回憶，所以此刻我才會如此為難——

——為難到開始感到害怕，害怕到內心開始躊躇不前。

因為，哪怕我面臨的境遇再怎麼與美少女遊戲的男主角相似……

現實與遊戲，畢竟還是不一樣的。

……因為，美少女遊戲的的男主角，做出的一切抉擇，都是為了通往玩家偏好的結局所做出的選擇。

在美少女遊戲中，當玩家挑選某條路線時，其餘女角色的戲分也會隨之減少，不再會有達成羈絆的重要劇情誕生——她們會徹底將舞臺的中央讓給該路線的女主角，讓其成為燈光的聚焦點，自己退居成為紅花旁的綠葉。

也就是說，想前進的目標，想攜手共度一生的對象，玩家從一開始就已經決定好了。

然而，如上所述，現實與遊戲並不相同。

並不是我選擇了某個人，與其他人之間的羈絆與回憶就會隨之淡化消失，進而能夠心安理得地與某個人交往。

幻櫻、風鈴、雛雪、輝夜姬、沁芷柔、桓紫音老師，一旦我明確地選擇某個人進行交往……那麼，怪人屋眾人之間的關係，肯定也會隨之產生連鎖反應吧。

落選者會有人失落，會有人黯然神傷——也就是說，怪人屋的眾人，現在這份得來不易的、在超越了生死之後才能獲得的幸福，或許也將毀壞得不成模樣。

那麼……

透過走廊的窗戶，我看向夜空中皎潔的月色。

「那麼，我究竟該怎麼辦……」

我發出苦惱的的嘆息。

月色下的輕嘆聲，還未傳遠，就已消融於風中。

那份不知如何是好的苦惱，也化為糾纏不清的線，將試圖往前的步伐重重捆縛。

第二章

六分之一的抉擇

與幻櫻交談後的第二日，上午十點整。

依舊是盛夏。

劇烈的蟬鳴聲，自屋外人行道的樹上陣陣傳來。

在煩惱紛呈的這個夏天，白天的蟬鳴聲是那麼的鼓譟與刺耳。

「學長～～～～～你在哪裡～～～～～？雛雪有重要的事要告訴你唷，真的真的超級重要唷！」

可是，在熱氣最令人感到煩躁的正中午，卻有一道聲音壓過了蟬鳴聲，在我耳膜旁不斷響盪。

「吵死了！」

「闇黑小畫家，汝如果有身為吾麾下血族的自覺，就不要在大白天做出這種違背血族習性的吵鬧行為!!」

穿著卡通大熊套裝的雛雪，無視了沁芷柔與桓紫音老師的抱怨，興奮地在屋內跑來跑去，最後找到了在廚房飲水機前面裝水的我。

「學長學長！找到你了！」

「……到底怎麼了？」

我的語氣很無奈。

……雖然在怪人屋裡很多怪人，不過雛雪很有可能是其中最怪的一個，也就是怪王之王。

所以，面對這個超級怪人，隨時可能做出的暴走舉動，我已經有心理準備。

可是，令我意外的是，雛雪在我發出疑問後，並沒有馬上道出來意。

她就只是盯著我看。

「盯～～～～～」

一直盯著我看。

「盯～～～～～～～～～～～～～～！！！」

然後雛雪將左手扠在腰際，右手食指指向我，擺出一副興師問罪的架式。

「好過分！學長太過分了！明明雛雪為了學長著想，像脫殼的蟬那樣拚命努力與嘗試，才終於替學長爭取到一個超級令人開心的好東西！但學長居然擺出這種『這傢伙又在添麻煩』的表情，這到底是怎麼回事！！！！被這樣瞧不起的話，就算是雛雪也會難過哦，會超級難過哦，難過到會想到處滾來滾去的程度哦！」

雛雪一長串的言語轟炸，把我炸得頭暈眼花。

……好聒譟，真是超級聒譟的。

話說，能夠幾乎不換氣說完這麼一段話，某方面來說也是一種才能吧……

雖然很想開口吐槽，但我已經很瞭解雛雪這傢伙了……如果想迅速擺脫糾纏，此時避免爭執才是上上之舉。

所以，我豎起雙手手掌，用聽起來比較有誠意的口氣道歉。

「是，我明白了……都是妳的功勞，太厲害了，真厲害。」

「嗯、嗯嗯！這樣稱讚雛雪就對了，多說一點，再多說一點！」

雛雪一被誇獎，馬上得意地仰起臉孔。如果她是小木偶的話，此時鼻子大概就會發紅變長吧。

抓住雛雪心情變好的機會，我試圖將話語導入正題。

「那麼，到底有什麼事？」

可是，耳聞我的發言，雛雪的雙眼卻馬上瞪大。

「咦？學長居然還不知道嗎？明明雛雪已經站在這裡跟你說了這麼久的話了？學長難道在這方面是特別遲鈍的那種類型嗎，明明雛雪都已經提示得這麼明顯了！超級明顯的喔！」

嗚啊！這傢伙真是氣人！妳是激怒人的天才吧！

我深呼吸一口氣後，急促的呼吸終於緩和。

「拜託了，請告訴我您的來意吧！」

我低下頭，將雙手合十舉高，做出拜託的手勢。

這已經是我最後的必殺技了，堪稱孤注一擲的悲壯回擊。

「哼哼哼……既然都這麼拜託雛雪了，那雛雪就告訴遲鈍的學長吧。」

終於肯說了嗎！

在我鬆一口氣的注視之下，雛雪將原本扠在腰際的左手前伸，然後翻轉手腕，將掌心朝上。

她的掌心裡，有一片綠色的葉子。

綠色葉子呈現橢圓形，邊緣是樹葉常見的些微鋸齒狀。

如果撇除正在微微發光這一點的話，這怎麼看都是一片普通的葉子。

但是……

「這葉子怎麼會發光？」

面對我脫口而出的疑問，雛雪用理所當然的語氣回答。

「因為這是晶星人的道具!!」

「喂！妳這傢伙居然偷拿道具嗎！」

得知真相後，我這次是真的被嚇了一跳。

在六校之戰結束後，桓紫音老師曾經回C高中一趟，在重遊怪人社舊地時，於教室的角落無意中發現了一個圓形的膠囊。

桓紫音老師好奇之下打開，裡面居然全部都是晶星人的道具，而且創造者都標明著「七六四二三四」。這名晶星人，似乎是個偉大的發明家。

雖然每一樣道具都有附上說明書，似乎其中不存在危險物品，但晶星人的科技力實在太過強大——為了保險起見，桓紫音老師還是把膠囊帶回了怪人屋，封印在靠近頂樓的小閣樓中。

在某次喝醉酒的時候，桓紫音老師將這段話道出。

但沒想到，雛雪居然從小閣樓裡擅自拿取道具。

然而，聽見我略帶責備的發言後，雛雪馬上吹氣鼓起臉頰。

「雛雪才沒有偷拿！是老師忘記關上小閣樓的門了，對於像貓一樣好奇的雛雪來說，不就只能進去看看了嗎！」

「這是什麼鬼理由啊!!」

雛雪的理由讓人感到一陣內心無力，但她那種「雛雪很厲害吧！快稱讚我吧！」的驕傲模樣，偏偏又讓人不忍心真的責備她。

接著，雛雪拿出了道具的說明書，並且唸出上面的文字。

「這個一次性道具，名為『轉轉狸貓君』，效用如下……——跨越苦楚與生死的地球人啊，晶星人女皇的任性妄為替你們帶來麻煩了。這是我最後所能表達的微薄歉意——請用這個道具，變得幸福起來吧。七六四二三四。」

發明這些道具的晶星人，同樣在說明書中也留下了署名。

說明書是手寫而成的，字體溫潤而圓長。

名為七六四二三四的晶星人，在說明書中留下的話語，充滿了濃厚的歉意。

他將這些道具留在怪人社中，加上說明書中的言語，幾乎已經可以確信這些道具確實打算留給我們使用。

從字句中，能夠感受到他的誠摯之意。

他希望我們能夠過得幸福。依據說明書的介紹，這個道具確實也沒有害處。

看來晶星人之中也有好人，要瞞著女皇做出這些事，恐怕七六四二三四也是冒著極大的風險吧。

思及此，對於晶星人七六四二三四的好心，我不禁暗暗感激。

「──學長、學長!!」

在思考的期間，雛雪忽然又大喊大叫起來。

「那麼，雛雪要使用這個道具了喔！雛雪要假扮成學長你！」

「也太突然了吧！」

我被雛雪的直接嚇了一跳。

雖然是無害的道具，但依據說明，「轉轉狸貓君」可以讓使用者變成目標對象一個小時。

雖然功能很有意思，但雛雪完全不經考慮就想要使用，也未免太神經大條了！

「哼哼……因為，雛雪一直都很想知道某些事情的答案！對於雛雪來說，知道答案後就會變得很開心，超級開心的哦！」

聞言，我一愣。

「妳變成我，是想知道什麼？」

在言語出口的同時，我也認真思考。

……難道是在繪畫上碰見了瓶頸卻羞於出口，想要變成我去請教其他人嗎？

原來如此，雖然被桓紫音老師稱為闇黑小畫家，但雛雪在這方面還是挺認真的嘛。

為了夢想而努力，這種高貴的情操，一時之間讓我有點感動。

「雛雪，妳……」

可是，我甚至都還來不及開口稱讚。

雛雪就高舉著雙手，發出興奮的歡呼聲。

「雛雪想知道的是——芷柔的罩杯唷!!超想知道的唷！但雛雪自己去問都被當成變態趕走，果然只剩下『變身成學長去問』這個選項了吧！」

說到激動的地方，雛雪的愛心眸，開始頻繁閃動桃紅色的光芒。

而我。

「妳這傢伙!!把我剛剛的感動還來!!」

「咦？學長在說什麼呢？雛雪聽不懂哦，一點也聽不懂哦!!」

雛雪挑起眉毛，做出疑惑狀。

並非偽裝，她是真的不懂。

可是，偏偏那種疑惑的樣子更加氣人。

嗚啊！這傢伙……

我努力平復自身的呼吸，連續五次深吸又深吐。

……為了不讓自己未來某天忽然被氣到心臟病發，我暗暗發誓遲早有一天，一定要找出應付雛雪這傢伙的完美對策。

我與雛雪，依舊站在廚房飲水機前面交談。

從這裡可以看到客廳裡，沁芷柔坐在沙發上看電視。因為電視上正在播放有名的相聲節目，她看得相當入神，完全沒注意到廚房這邊的狀況。

此時，雛雪繼續展開我流理論。

「……其他女人的胸部，毫無疑問是最強的勁敵!!」

用很認真的表情說著莫名其妙的話，這傢伙也真是……

「——所以，雛雪很想知道芷柔的罩杯到底是多少！」

雛雪雖然一再說明，但我卻根本無法理解這傢伙的論點。從本質上無法理解的那種。

所以，我的吐槽之魂終於在這時候忍耐不住。

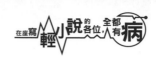

「妳知道她的胸部有多大到底要做什麼啦！這一點也不重要吧，不管怎麼想、這種詭異的情報，都不會讓妳變得更幸福啊！」

七六四二三四留下道具的用意，是為了讓使用者變得更幸福吧！雛雪的使用方法怎麼看都很奇怪啊！

被我這麼一吐槽，雛雪像是被刺激到傷心處那樣，神態突然變得激動。

「哼，學長這種遲鈍的負心漢果然無法理解雛雪的痛苦，完全無法理解哦!!」

她伸出手戳戳我的胸膛，同時步步進逼。

「什、什麼？」

被突然的轉變給震懾，我居然在瞬間被雛雪的氣勢壓倒。

用睜大的眼睛瞪著我，雛雪氣鼓鼓地繼續說明原因。

「……身為魅魔，一直以來，雛雪都對自己的身材很有自信。腰細，臀翹，就連胸部也很大。」

不，妳並不是魅魔吧。

但我很理智地沒有將這句話出口，只是含糊帶過。

「呃……所以呢？」

「……雛雪的胸部明明就很大!!但是，從高中開始，坐在客廳裡看相聲還時不時發出笑聲的那傢伙，就一直用『貧乳、超級貧乳』這樣的蔑稱來汙衊雛雪!!雛雪感到很受傷唷，超級受傷的唷!!」

坐在客廳裡看相聲的那傢伙……啊、是沁芷柔嗎？

確實，沁芷柔在高中的時候就已經是G罩杯，傲人的胸圍放眼周遭無人能及。而她的名言更讓人記憶猶新——E罩杯以下的都是貧乳。

對於此，我只能露出苦笑。

而憤慨的雛雪繼續說了下去。

「明明身為魅魔卻被嘲笑身材，這要雛雪怎麼能忍受，絕對不能忍受喔——!!但是，現在雛雪已經不一樣了，已經脫胎換骨了！從高中畢業後，經過這些年的努力，雛雪也已經是G罩杯了！」

說到這裡，雛雪吸一口氣挺起胸部。

原本因為穿著卡通大熊套裝的關係，雛雪的上圍並不明顯。

可是，當雛雪挺胸後，寬鬆的卡通大熊套裝頓時被撐得緊繃起來，甚至撐得胸前的皮毛紋路都徹底變形。

……好大。

「看吧學長！這就是這些年來雛雪努力不懈的成果！雛雪忍辱負重到了今天，

終於擁有雪恥的機會了！只要變身成學長詢問出罩杯的真相，人生等級已經高達G的雛雪就能吸引大家佩服的目光，得到『不愧是魅魔啊！』這種既吃驚又佩服的感想！雛雪很需要喔！很需要這種像是升級為上位魅魔一樣的虛榮感！」

聽到這裡，我終於理清雛雪的思路。

自認為魅魔↓被嘲笑是貧乳↓發憤圖強努力升級變大↓變成我去詢問沁芷柔的罩杯↓萬歲、雛雪是上位魅魔!!

「……？」

雖然理清了前因後果，但我卻是越來越困惑。

困惑到像激動解釋的雛雪一樣，我也瞪大了雙眼，與她彼此互望。

接著，極端的疑惑，驅使我伸出手掌。

「……妳發燒了嗎？」

我將手掌貼在雛雪的額頭，試探她的體溫。

肯定是生病了吧。否則這種腦迴路，已經超乎了我對人類的理解。

「——學長真是太失禮了!!」

雛雪氣得雙頰酡紅，用力將我的手拍開。

「雛雪不管那麼多了，總而言之，雛雪要上了哦！要變成學長全力以赴地上了哦!!」

「喂，等等!!」

絲毫不理會我的勸阻。

露出認真的神情，雛雪將發光的葉片放在自己的頭上。

隨著「砰」一聲響傳出，雛雪被白色的煙霧所籠罩。等到煙霧終於散去，雛雪果然變成了我的模樣。

……好像。

不光是外貌，連衣著都一模一樣。如果不是頭上發光的樹葉有點顯眼，說不定連我自己都會搞混吧。

順利變身的雛雪，在這時開口說話。

「怎麼樣？很像在一群少女之間周旋的花心大蘿蔔對吧？」

什麼花心大蘿蔔啦！妳還在記恨剛剛的事嗎!!

「總之學長先躲起來，你要仔細看好雛雪展現自身鬥志的拚勁喔！」

說完最後一句話後，示意我躲在廚房的角落，雛雪朝著客廳走去。

雛雪在沁芷柔的身旁坐下。

因為是夏天，沁芷柔在家只穿著寬鬆的白色居家服與熱褲。在看電視的同時還不忘上下抬腿，藉此雕塑腿部線條。她的腿比例相當修長，白皙滑膩的腿部肌膚，極為吸引視線。

明明客廳裡還有很多座位，但雛雪卻緊鄰著沁芷柔坐下，這行為引起了沁芷柔的注意。

「你醒了嗎？早安。」

「……咳咳，早啊。」

雛雪回應招呼的語氣很生硬。大概是不習慣新的身體，就連坐著的姿勢也很彆扭。

沁芷柔此時目光略微上移，發出好奇的疑問。

「話說回來，你頭上的樹葉是？」

「咦？啊啊……這個嘛……啊哈哈哈哈……」

變身後唯一的破綻，大概只有頭上發光的樹葉。

被沁芷柔直擊痛處，雛雪的眼睛轉來轉去，顯然在思索回應的對策。

如果想偽裝成我的話，連言行舉止也不能露出破綻，這才是最大的難題。

然後，我看見雛雪忽然用戟張的右手蓋住臉孔，兩道目光從指縫中透出。

將臉孔仰起向著天花板，雛雪用一聽就很刻意的滄桑語氣發言。

「這是這個殘酷的世界……加諸於我的罪業……與試煉！」

好中二！喂，太中二了吧！

就連旁觀的我都感到羞恥，我怎麼可能做出這麼中二的行為呢？

不過轉念一想……這樣或許也好，沁芷柔肯定會馬上發現這傢伙是假貨吧。

「咦？啊、嗯，人家明白了。」

可是，沁芷柔卻在稍微愣住之後，很快接受了雛雪的中二表現。

所以妳為什麼不吐槽啦！好像我平常就很中二似的！

對於沁芷柔的遲鈍，我幾乎無法置信，但也只能瞪大雙眼繼續旁觀。

接著，雛雪直接切入正題。

「雛……咳咳，我有一件事情想問妳，超想問妳的哦！」

「什麼？」

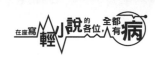

「那個、妳的胸部有多大？」

「……哈啊？」

被雛雪超級直球式的提問嚇了一跳，沁芷柔原本在抬腿的動作頓時僵住。

如果是在高中初遇的時候，我這樣提問的話，肯定會被踢進牆裡鑲成大字形吧。

可是，在歷經六校之戰後，沁芷柔對我的態度也產生了很大的變化。

現在，哪怕雛雪用近乎性騷擾的方式提問，沁芷柔也只是害羞地迴避視線，氣勢反而變得低落。

沁芷柔羞紅著臉偏過頭去，雙手護住胸部，散發出無法掩飾的弱氣。

「你、你問這個做什麼？」

「……因為雛……因為我很想知道！超級想知道的喔！」

「這、這樣啊……」

沁芷柔的話聲越來越低。

但出乎意料的是，她在咬著下唇猶豫過後，居然沒有拒絕說出真相。

「那個……人家現在……姑且是I罩杯……」

「——I罩杯!?」

雛雪嚇到背脊都聳了起來，用近乎無法置信的驚嚇語氣，高聲複誦對方的發言。

雛雪的臉色，也很快變得扭曲。我彷彿能夠窺見她內心「成為上位魅魔受到尊敬」的夢想，開始逐漸發出「喀喀、喀喀……」的不祥碎裂聲。

大概，沁芷柔察覺到了雛雪無法置信的話聲與神情，於是將手伸到背後，抓住上衣的後腰部分，然後用力往後拉扯。

原本寬鬆的居家服，頓時緊貼在沁芷柔身上，凸顯出她的身材曲線。

柔軟而挺拔的胸部，即使被勒緊的衣服壓得有些變形，但依然可以看出有多麼碩大與飽滿。

「……好大!!」

……好大。

雛雪脫口而出的驚呼聲，與我的心聲，在此刻奇異地達成一致。

因為過度訝異，雛雪的嘴巴甚至都張成了無法合攏的O形。

喀喀、喀喀……

啊、彷彿又能聽見她的夢想正在碎裂的聲音了。

明明一直以來拚命修煉著等級，認為自身的實力已經追上了魔王……卻在決戰時、發現與魔王之間的差距並沒有縮小——此刻的雛雪，大概就是抱持著這種絕望的心情吧。

可是，為了戰勝魔王，雛雪依然沒有放棄希望。

低垂著頭顱，雛雪從齒縫裡擠出帶著顫抖的話聲。

「……那個、妳沒有作弊吧？」

「哈啊？」

沁芷柔完全不懂雛雪的意思。

抬起頭來，用猛然激昂起來的話聲，雛雪馬上追加解釋。

「——妳該不會像偷用了修改器那樣，用了胸墊之類的東西增加了自己的大小吧!!雛雪覺得妳很可疑哦，超級可疑的哦!!偷偷作弊的話，就算是寬宏大量的雛雪也無法忍受哦！」

在激動之下，雛雪用詞不禁恢復了往常的習慣。

沁芷柔馬上感到異樣。

「那個，你為什麼要自稱雛雪……？」

「先不管那麼多了！雛雪要檢查！絕對要親手檢查有沒有作弊！」

雛雪就這樣維持著我的樣貌，雙手呈現爪狀往旁邊靠近。

眼看雛雪的手，就要抓到沁芷柔的胸部上。

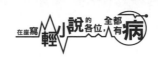

「柳、柳天雲!?」

被雛雪突如其來的騷擾行為嚇到，沁芷柔下意識伸手推開了她。

推開雛雪後，沁芷柔有些手足無措，她居然沒有動怒，不知為何，臉上反而有些歉意。

「啊、那個……在這裡不好吧……你、你想的話……至少先去人家的房間……？」

就在沁芷柔把雙手夾在大腿中，紅著臉，扭扭捏捏地發言的同時……

因為剛剛被推開的動作產生晃盪，雛雪頭上的樹葉忽然飄落。

樹葉離身的瞬間，伴隨著「砰」一聲與大量的白色煙霧，雛雪從煙霧中再次現形時，已經變回穿著卡通大熊套裝的少女模樣。

「嗚哇！暴露了！學長學長，我們的計畫失敗了！」

雛雪倒抽一口涼氣，發出驚呼。

「這只是妳的計畫好嗎！」

被雛雪這麼汙衊，我忍不住發出吐槽。

於是，沁芷柔順著聲音的來源，向我看來，發現了躲在角落的我。

她看看我，又看看雛雪。

或許是想到自己的發言與動作，沁芷柔的臉馬上漲得比之前更紅，羞恥地緊咬住下脣。

「你……你們居然一起騙我……!!」

然後，沁芷柔惱羞成怒。

「去死去死去死吧——!!」

抓起放在沙發上的眾多抱枕，沁芷柔拚命向我們扔來。

「哇啊!!」

我與雛雪不斷閃避。

「去死去死去死去死去死去死去死——!!」

而沁芷柔帶著羞意的激動怒喊聲，則在這天的午後，傳遍了整棟怪人屋。

當天晚上。

因為沁芷柔氣到不想跟我講話的關係，我花費很大的功夫才取得她的原諒。

好不容易安撫完畢，拖著疲憊的步伐，我沿著樓梯慢慢爬上二樓。

在二樓的轉角處，剛洗完澡走出浴室的雛雪，剛好與我相遇。

雛雪的頭髮上，依然帶著剛出浴的些許水珠，身上僅穿著透薄的白色襯衫，穿著十分清涼。

因為胸部很大的緣故，白色襯衫的鈕釦被撐得極為緊繃，縫線隱隱約約有斷裂的趨勢。

雛雪扭頭盯著我看，發覺我一臉疲倦後，馬上閉起單眼，手指做出手槍的姿勢向我比來。

「喵哈哈哈哈，學長真是狼狽呢，狼狽透頂了哦？」

「還不是妳害的！」

話說回來，中午才因為夢想破碎沮喪的雛雪，現在居然就一臉開心——果然情緒的恢復能力是這傢伙的超級強項，白擔心她了。

對比我的苦瓜臉，笑得燦爛的雛雪，很快又接續發言。

「……學長學長，你是不是在想：『這傢伙恢復得真快』？」

「呃。」

算是吧，沒想到這傢伙也有直覺敏銳的時候。

雛雪對我俏皮地眨眼。

「但是呢，這其實是因為雛雪想通的關係哦！已經想通了哦！」

「想通了？」

什麼意思？

「雛雪呢，明明身為魅魔，一直以來卻搞錯了方向，搞錯了努力的目標。」

「呃……」

又是魅魔的話題嗎？

說到這裡，雛雪先向我靠近了兩步，朝我露出耀眼的笑容，才繼續說下去。

「——因為因為，雛雪最開始所以會想成為出色的魅魔，其實是因為學長。想得到學長的關注，想接受學長的喜愛，想體會學長身上的溫度——」

雛雪的雙手，在這時緩緩在身前舉起，比出一個愛心的動作。

「——既然是這樣，就算無法成為上位魅魔也沒關係，雛雪呢，認為只要身為魅魔的自己，能夠吸引學長回頭看向我，這樣就可以了唷！這樣雛雪就滿足了，超級滿足的唷！」

因為剛剛洗完澡，雛雪的臉頰因熱氣而通紅。

紅著臉，雛雪依舊維持愛心的動作，將她的視線深深望入了我的雙眸中。

「嘻嘻，所以呢——雛雪會成為專屬於學長的魅魔。『小魅魔．雛雪』以後也要請

學長多多指教了唷！」

雛雪說完後，轉身慢慢離去。

我望著雛雪的背影，細細思索著她言中之意，一時之間怔住了。

成為專屬於我的魅魔……嗎？

這是獨屬於雛雪的表達方式。

雛雪的背影消失在走廊的盡頭，進入房間內。

望著空蕩的走廊，我不禁默然。

……因為我明白。

雛雪正在用她的方式，對我坦白心意。

在那色氣的外表下，挑逗的言語中，蘊藏的是猛烈進攻的情感。

那情感太過強烈，令我的心臟不斷狂跳，內心深處不斷顫抖，甚至在剛剛，我下意識想要迴避雛雪的視線。

因為，那情感所沾染的，那言外之意所涉及的……

……是六分之一的抉擇。

第三章

總之就是很棒

人與人之間的關係，既堅強也脆弱。
堅強時，能夠為了彼此捨生忘死，近乎付出一切。
脆弱時，只需要一次立場的轉變，一個足以擊碎情感的契機，原先無話不談的好友，就會從此形同陌路。
相信大家都有過這種情況。
在現實中，或者網路上，曾經有過能夠徹夜相談的對象，但是隨著時光荏苒，時過境遷，再次於熟悉的地方相遇時，能夠給予對方的，卻只剩下了沉默。
所以，我很害怕。
我很害怕，怪人屋之中……甚至比我生命還要重要的這些夥伴們，會因為我所做出的抉擇，使夥伴之間曾經溫暖的氛圍，轉化為徹骨的冰寒。
一旦選擇了某個人，其餘五個人就會受到傷害。
這並不是能夠敷衍帶過的小事，而是會深切地存在於內心——在夜深夢迴之際，刻骨銘心地鑽疼起來的情感。

超越了時空，跨越了生死，我與這些夥伴所建立的羈絆……越是珍貴，越使我躊躇不前。

就像捧著視若性命的珍寶，在搖搖晃晃的船上前行那樣。

每一次風浪起伏，每一步跨出……所承受的，所臆測的，都是抉擇失敗招致的惡果。

「靜心。」

我站在自己的房間中，手中拿著毛筆，於紙上默默寫下這兩個字。

穿過窗戶，耀目的陽光映照在我的臉上，但我的雙眼沒有就此閉合，而是全神貫注地望著書寫中的字體。

這是我最近培養的習慣，在心煩意亂時，不斷寫下「靜心」，煩惱憂愁就彷彿隨著筆墨被帶到了紙上，能使心情平靜不少。

「叩叩叩。」

就在我寫下第十七次「靜心」時，房門外忽然傳來敲門聲。

「柳天雲，你準備好了嗎？」

「啊、等我一下，我馬上出去。」

我打開房門，房門外站著的是沁芷柔。

距離上次雛雪用「轉轉狸貓君」變身，已經過去三天，沁芷柔早已經氣消了。

現在是早上九點，我們已經約好今天要一起出門。

雖然說是一起出門，但我根本不知道目的地。依據過去的經驗，大概是陪著沁芷柔逛街購物吧。

沁芷柔明顯精心打扮過，她穿著斜肩式的露肚短上衣，搭配只及大腿處的單寧短裙。髮型也與往常有些差異，似乎是去理容院燙過了頭髮，金色的秀髮帶著波浪狀的捲曲。

值得一提的是，沁芷柔戴著墨鏡。

現在只要出門，沁芷柔幾乎都戴著墨鏡。她不光是大人氣的美女輕小說家，而且還是知名泳裝雜誌上的模特兒，擁有的粉絲數量，無疑是怪人屋之冠。

雖然不到家喻戶曉那種程度的名人，但被路人認出已經是常見的事，因為哪怕混在人群中，她那出色的美貌，也是最引人注目的存在。

相比之下，甚至連作家都還不是的我，顯得如此平凡無奇。

「……你在想什麼？要出發囉！」

大概是發覺我在發愣，沁芷柔攬住了我的手臂，輕輕往門口的方向拉扯。

「喔……喔喔！！」

我趕緊跟上沁芷柔的腳步。

離開怪人屋後，我們步行大約五分鐘，來到附近的地鐵站。

又花費半小時左右，轉乘其他路線抵達隔壁縣市，然後在人潮洶湧的見我站下車。

「嗚哇！今天明明不是假日，居然還這麼多人？」

下車出站後，沁芷柔發出驚呼。

隔壁縣市・K市，與我們平常居住的Y市不同，是一座極為繁華的城市，商場林立，高樓大廈處處可見，四處充滿商業文化的氣息。

從沁芷柔的話中推斷，她似乎也很少來這裡。

那麼，我們究竟要去哪裡呢？

我跟著沁芷柔走，在出站不久後，我們停在一棟占地廣大的橢圓建築物前。

《見我水族館》，以區名來命名，這裡可以看見海豚的Q版看板掛在各處。似乎今天館內有海豚的表演秀，因此入口處已經是大排長龍。

在排隊進場時，我忍不住這樣問沁芷柔。

「原來妳對水族館有興趣，是喜歡顏色豔麗的特殊魚類嗎？還是海豚？」

「嗯……該怎麼形容好呢？」

沁芷柔挑選著形容詞。

「……與其說是喜歡魚，不如說喜歡待在玻璃的這側，感受被厚實海水所包圍的那種感覺吧？有一種安全感會不知不覺滋生。」

「哦哦……是這樣啊。」

雖然無法感同身受，不過我大概可以明白沁芷柔的意思。

我們排在隊伍最尾端，開始排隊準備買票。

「喂喂！你看，後面那個女孩子好漂亮！是明星嗎？漂亮成這樣只可能是明星吧！」

「……而且胸部好大！不止長相漂亮而已，我從來沒有看過身材這麼好的女生。」

依稀可以聽見前方有些男生在竊竊私語，沁芷柔驚人的美貌，引起不少男生回眸觀望。

沁芷柔似乎早已習慣被人這樣悄悄議論，她對我露出微笑，示意我不要介意。

其實沁芷柔這麼漂亮的女孩子，在公眾場合，光是站在她的身旁，內心就會有一種滿足感湧出。而旁人的私語，正在使這種感受加倍放大。

隨著排隊隊伍長度逐漸縮減，終於輪到我們買票。

在透明壓克力板後的售票人員，對我們講解門票的價格。

「大人是這個價格……小孩則是半價。」

講到一半時，他看看我們，忽然又補充一句詢問。

「啊、你們是情侶嗎？現在有情侶入場免費的優惠哦，只是要配合我們的海豚看板，在看板前拍情侶合照、並上傳到推特。怎麼樣？你們要試試嗎？」

情侶、嗎？

我忍不住看向沁芷柔，而沁芷柔接觸我的眼神後，臉很快紅了，迅速迴避我的目光。

「那、那個……我們……」

似乎將沁芷柔低下頭的羞態當成了默認，售票人員指著某個方向，對我們繼續往下解釋。

「原來如此，那麻煩你們到後面的看板處去拍照上傳推特哦，完成後，給看板旁的工作人員確認就可以了。」

「咦？啊、嗯嗯。」

我們就這樣有些莫名地被另一名引導的工作人員帶著前行，走出不遠後，看見大理石高牆的前方，擺著一個巨大Q版海豚看板。

海豚看板足足有一人半高度，大約一百七十公分處有一個可以露出臉孔的洞口，兩百多公分處又有另一個洞口。

這個看板的設計，大概是想讓遊客在洞口處露出臉，然後拍下照片吧。

可是，低處的看板洞口還好說，上方那個兩百公分高度的洞口，到底要怎麼觸及呢？

幸好，引導人員馬上進行說明。

「您好，我們這裡需要由男方舉起女士，這樣才能同時觸及兩個洞口哦。」

「咦？舉起她嗎？」

我有些驚訝。

接著，我仔細觀察看板。如果我托著沁芷柔的腋下將她稍微舉起，臉孔從她的腰肢旁露出，確實剛好符合兩個洞口的高度。

但前提是，男生擁有足夠的力氣。

沁芷柔看了看我，露出擔憂的表情。大概她擔心我感到吃力吧。

因此，沁芷柔體貼地發言。

「那、那個……如果不方便的話……我們就改買一般的……」

「……不，沒關係，就選這種票吧。」

我對沁芷柔點頭。

曾經，受到文之宇宙的影響，眾人失去對我的記憶時，在那段人生的空白期，我換過不少份工作，其中也不乏需要搬運重物的情況。

所以，現在我比以前結實了很多。雖然穿著衣服時並不明顯，但確實是有一些肌肉線條的。

於是，我與沁芷柔一起站到看板後方。

由我托著她的腋下將她舉起，一次就順利完成了拍照。

「咦……？」

沁芷柔被舉起時有點訝異，但她很快就視線下探，臉上越來越紅。

因為，超乎意料的是，因為沁芷柔的胸部極為豐滿，哪怕只是將手托在腋下，手指的前半段，也會無可避免地觸在她的側乳之上。

……好大。

被我放下後，沁芷柔雖然努力假裝著不在意，但臉上的紅潮卻出賣了她。

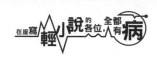

「話、話說回來……接下來上傳照片到推特，這樣就可以了吧？」

沁芷柔搔搔臉頰，隨口找著話題，試圖化解尷尬。

因為剛剛是工作人員使用我的手機拍照，所以照片順勢就上傳到我的推特。

在往館內走的同時，沁芷柔好奇地探頭過來，注視剛剛上傳的照片。

從海豚看板後露頭的我們，看起來有點滑稽。我們忍不住相對大笑。

之後，我們走進海洋水生館區。這裡四處被厚實的強化玻璃所包圍，透過碧藍的海水，可以看見許多身軀龐大的魚類在四處優遊。

一邊瀏覽著某些奇形怪狀的魚類名字，我們甚至看到了會發光的怪魚。

說實話，逛水族館居然意料之外的有趣。

逛完水生館區，我們在鯊魚造型的椅子上稍做休息。

這時沁芷柔隨口提出疑問。

「話說回來，你的推特是不是有點奇怪？」

「奇怪？哪裡奇怪？」

對於沁芷柔的提問，我感到不解。

我再次用手機打開推特，卻怎麼看怎麼正常。

沁芷柔湊近，然後指著螢幕上某個地方。

「不，怎麼看都很奇怪吧！你看這裡！」

那裡是關注對象數量的欄位，我的關注對象是0。

「你明明有在用推特，為什麼沒關注任何人啊？」

「……因為我不能隨便關注。」

「哈？」

「關注的對象，會使自身的喜好、習慣、情報等都徹底暴露，使自身的破綻被他人竊取得知。如果不想落入背後的萬丈深淵，這是人生之道上必要的謹慎。」

沁芷柔嘴巴變成「︵」的苦惱形狀，感到傷腦筋似地抓了抓後腦。

「嗚哇……我說你啊，就連在這點上也這麼中二嗎？」

「……我哪裡中二，我剛剛已經說過，這是人生之道上必要的謹慎。」

看著我認真的表情，沁芷柔愣了愣，接著她忽然大笑起來。

「哈哈哈……哈哈哈哈……人家也真是服了你了，居然能用這麼嚴肅的表情說這種話！從某種程度上來說，你還滿會討女孩子歡心的嘛。」

沁芷柔捧著肚子越笑越誇張，甚至笑到眼角都流下了淚水。

有這麼好笑嗎？我越想越是納悶，因為我覺得自己的人生觀念，還挺有道理的。

一邊擦去眼角的淚水，沁芷柔的笑聲慢慢止歇。

「……拿過來吧。」

「什麼？」

「手機借我。」

沁芷柔從我手上輕輕取走手機，然後搜尋某個對象。

接著，推特的畫面開始轉跳，進入到某個人的主頁。這似乎是沁芷柔的推特，大頭貼與曾經登上雜誌封面的照片一模一樣。

仔細一看，我忍不住為之震驚，沁芷柔居然有八十多萬的被關注數量。

她就算不附照片，就只是在推特隨便發個「我起床了」的無意義貼文，下面也有數千個留言。

然後，沁芷柔用我的帳號，點擊關注她的帳號。

「如果你沒有關注對象的話，人家就成為你的第一個吧！要好好感激我哦！不然你現在的使用方法太無聊了！」

「無、無聊嗎……」

雖然被這麼說了，但我自覺之前的使用方法還挺有意義的。

算了，沁芷柔高興就好。

沁芷柔將手機還給我，我順手瀏覽她過去所發過的貼文。

「呃……妳推特發的推文跟動態，幾乎都是風景照跟食物的照片嘛，最多也就是雜誌上刊登過的照片，再不然就是『我起床了』、『該睡覺了』之類的無意義推文。」

「不然呢？你覺得人家的推文內容應該要發什麼？」

「呃……不是常有些美女，會發一些自己的自拍照嗎？我以為妳會發那種的。」

「可是，跟別人一樣的話，不就顯得很普通嗎？人家不太想做那種事。」

好吧，果然模特兒等級的風雲人物，在這方面的想法，不是我可以理解的。

這時，沁芷柔忽然用肩膀輕輕撞我的肩膀。她瞇起眼睛，露出「好像看透什麼了」的表情。

「……哼哼，柳天雲，你會這麼問，難道是期待在推特上看到什麼照片嗎？例如特別清涼的那種？」

「不，我不想。這樣的話，別人也會看到不是嗎？」

我幾乎是下意識回覆。

可是，在言語出口後，我馬上察覺到有些不妥。

這樣說的話，不就顯得「我想要獨占別人沒看過的她」，這樣的意思嗎？

沁芷柔在理解我的話中涵義後，先是觸電般伸直背脊。

接著，她低下頭，露出害羞的笑容。

「說、說得也是呢!!」

「啊哈哈……哈哈……」

因為感到氣氛有點微妙，我只好不斷傻笑。

之後我們去看了海豚秀。

引導海豚的工作人員穿著泳裝，時而共同在池裡嬉戲，時而站在池邊引導著海豚跳出水面表演。

「嗚哇，水濺到這邊來了!!」

海豚落水時產生的水花，有時會潑灑到前幾排的座位。即使我們已經有心理準備，早就套上了雨衣，少許露出的部位依然被徹底淋溼。

不過，這樣的小插曲，相信也是海豚秀的魅力之一吧。

離開水族館之後，天色已經漸暗。

在餐廳吃過晚餐後，夜幕徹底降臨。晴朗的夏夜裡，在蟬鳴聲的襯托下，滿天繁星，似乎也變得特別明亮與具有活力。

我們坐上回程的地鐵，在即將抵達該下車的站點時，沁芷柔卻阻止我起身的動作。

「……人家還有一個想去的地方，可以陪我去嗎？」

我不明所以，但依言坐了回去。

地鐵又繼續往前行駛三站。

到了第三站時，我跟著沁芷柔一起下車。

下車後，依稀有些熟悉的景色映入眼簾。這裡是一個帶著陳舊感的小社區，我小時候住在這附近。這個區塊，原本大多數都是矮小的民宅，現在也起了幾棟高樓大廈。

我與沁芷柔在小巷之間漫步而行，這裡除了蟬鳴之外，也偶爾能聽見遠處的田裡傳來青蛙的叫聲。

雖然兩人之間默然無語，就只是安靜地慢慢前行，但氣氛卻不顯得尷尬。

兩人享受這份難得的寧靜，彷彿形成了一種默契，偶爾在對上視線時，會對彼此露出會心的微笑。

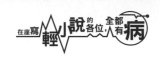

最後，沁芷柔走到一所小學的圍牆外。圍牆極為低矮，我甚至都不用墊腳，視線就能望入。

這所小學似乎早已廢棄，不光校舍陳舊，許多地方更是雜草叢生。

沁芷柔輕輕撫摸著圍牆，眼中裡染上懷念之意。

「……之前有一年，發生了強烈的地震，這裡的校舍地基已經岌岌可危，因此，原本的小學已經另覓新址，此處成為廢棄的舊地。」

「原來如此。」

我輕聲答覆。

沁芷柔指著操場上的沙坑，對我露出微笑。

「……你還記得那個沙坑嗎？」

「沙坑……」

我沿著她手指的方向看去，看見在雜草四布的操場邊緣，角落裡有一個不起眼的沙坑。

觸景生情，我不禁也報以微笑。

「是我們小時候，一起堆沙堡的那個沙坑對吧？」

「……嗯，一起進去看看吧。」

我們翻過圍牆，繞著操場走了一圈，最後來到沙坑前。

沁芷柔首先蹲下，她輕輕用手掌掬起一捧細沙，默默望著沙子從指縫中慢慢溜走。

「……時間就像沙子一樣呢，即使拚命想要緊握住，也會一點一滴地消逝流失。」

「……」

我也蹲下，仔細回思著沁芷柔說的這句話，慢慢憶起往昔的同時，也陷入帶著感慨的沉默。

沁芷柔開始將沙子集中起來，形成沙丘的樣子。

「還記得嗎？我們那時候對抗『惡霸小鬼五人眾』（註1）的事情。」

「啊啊……惡霸小鬼五人眾啊。」

那是一群喜歡欺負落單者的壞小孩，在幼年時，我與沁芷柔曾經以這個沙坑的使用權做為賭注，與他們對決。

以二敵五，形成巨大的人數落差，但小孩子特有的固執，使那時的我們不願就此退縮，拚命修煉堆沙堡的技術，藉此與敵人抗衡。

註1　請參閱《有病9》。

……真懷念啊。

現在想起來，沙坑的使用權什麼的，根本只是微不足道的小事。

可是對當初的小小孩來說，簡單的快樂，就等同於全世界最好的珍寶。

也正因為當初的毅力與執著，這份經歷才會形成……如此難得可貴的回憶吧。

沁芷柔用雙手逐漸改變著沙丘的模樣，小心翼翼地去除掉頂端多餘的部位，我漸漸看了出來，她正在將這個沙丘削改為城堡的模樣。

「……我來幫妳。」

彷彿當年這個沙坑中的場景，再次重現於此刻。

我們用已經生疏的技術賣力堆砌著沙堡，經過兩小時後，足足有半個人高的大沙堡鏘然成形。

不光是外形，我們連窗戶跟塔尖之類的細節，都做得極為用心。

大功告成後，我們兩人手拉住手，在月明的夜空下大喊大叫，藉此宣洩內心的振奮。

「太好了！我們只要認真起來，還是能行的嘛！」

「嗯、嗯嗯！」

對於我的論點，沁芷柔笑著點頭認同。

她笑得很燦爛。

此刻的沁芷柔，與幼時倔強的小沁芷柔，有那麼一瞬間在我眼中重合了。

不……或許在這點上，她一直都沒有改變過。現在的她，依舊是那麼的倔強，朝著目標拚命努力的身影，耀眼到令人無法直視。

以及，她那燦爛的笑容依舊純真，彷彿不帶一絲陰霾。

思及此，一股暖意緩緩淌入內心。

將手洗乾淨後，我們再次翻越圍牆，朝回程的地鐵站，緩步走去。

「柳天雲，你長大了呢。」

「……妳也是。」

「嗯？是嗎？那人家長大後，看起來怎麼樣？」

「變漂亮了。」

「咦？你的意思是人家小時候很醜嗎？」

「我、我沒有那個意思！」

「嘻嘻，我知道啦，開玩笑的、玩笑，不要慌張。」
「……妳這傢伙真是的……」
看見我無奈的模樣，沁芷柔掩嘴偷偷露出笑容。
接著，她將手背在後方，彎腰用由下往上的視線，打量著我的臉孔。
「……對了，人家有一個問題，想要問你。」
有問題想要問我？
沁芷柔繼續發言詢問。
「……那個，你覺得人家怎麼樣？」
聞言，我一怔。
這個問題，乍聽之下跟剛才有些相似，但好像又有點不同。
如果繼續回答「很漂亮」、「超可愛」之類的答案，似乎聽起來很敷衍。
那麼，該怎麼回答比較好呢？
沁芷柔一直用那種由下往上的視線盯著我看，讓我緊張起來，進行思考時有些混亂，最後只能倉促給出答案。
「……很棒。」
「什麼很棒？棒在哪裡？臉嗎？還是身材？或是個性？」

一連串的追問，使我回話時感到越來越吃力。就像面臨「母親跟女朋友同時落入水裡要先救誰？」這種處境那樣，有種不管怎麼解釋，答案都無法完美的感覺。

「呃，那個……都很棒。」

最後，在局促之下給出的答案，聽起來充滿詞彙上的貧窮感。

沁芷柔噗哧一笑。

「我說你呀……你不是想成為作家嗎？在怪人屋之中，你的寫作能力大概已經超越了所有人，為什麼形容方式這麼乏善可陳？被做為形容對象的人家會傷心喔！」

「我、我不是故意的！我沒有那個意思！」

「嗯，嗯！人家知道喔，在這方面這麼遲鈍是你一貫的風格，所以我會原諒你。」

居然就這樣被原諒了？我感到鬆一口氣。

「呃……謝謝。」

「不要在這種奇怪的地方道謝啦！」

沁芷柔又笑了出來。

「柳天雲，如果你不會的話，就由人家來教你吧？聽好，在這種時候呢……」

然後，沁芷柔慢慢朝著我靠近。原本相隔一段距離緩步前行的兩人，已經接近到幾乎肩膀接觸肩膀。

然後，她以手背輕輕觸碰我的手背，並且繼續接續剛才的話語。

「……在這種時候呢，就算不說話也沒關係。你明白嗎？」

從手背上，我能感受到沁芷柔滑膩的肌膚，傳來溫暖的熱意。透過走路自然產生的晃盪，她的手背一再輕輕觸碰我的手背。

雖然我缺乏談戀愛的經驗，可是在這時候，就算是遲鈍的我，也讀出了沁芷柔給予的暗示。

……她在暗示我，牽住她的手。

……不需要說話回答，只要用行動傳達心意、做出選擇，這樣就足夠了。

我望向沁芷柔，她有些害羞地直視地面。那無一絲瑕疵的漂亮容顏，在路燈有些昏暗的街道上，看起來彷彿在微微散發出光芒。

「……——!!」

可是，在兩人之間的距離無比接近的此刻，我卻下意識遲疑了。

……因為，我心知肚明。

在這種氣氛下，面臨那樣的提問，如果牽起沁芷柔的手，她會接收到什麼樣的訊息，對我抱有什麼樣的期待。

她希望身處的位置，已經不是昔日的青梅竹馬，又或是寫作上的夥伴那麼簡單。

她渴望獲得的，是更進一步的——那僅寄存於六分之一機率上的希望。

「……啊、已經能看見車站入口了呢。」

就在我猶豫的短短十幾秒間，我們兩人經過街道的轉角處，地鐵的入口已經出現在不遠處。

這時，沁芷柔原本將貼近我的那隻手舉起，伸手指向地鐵入口。

我一怔，轉頭向她看去。

然後，我們兩人的視線相接。

沁芷柔對我露出微笑。那笑容裡，藏著令人感到心情複雜的情緒，也帶著幾乎令我無法承受目光的火熱。

「那、那個——」

在沁芷柔目光的促使下，我想要開口說話。

可是，沁芷柔卻輕輕搖頭。

在進入地鐵站入口前，她最後一次抬頭看向星空。

然後，彷彿在向著星空確信自己的意念，又好似只是在重複內心深藏的話語……她輕聲所說出的最後一句話，幾乎融入了風聲中。

「……人家是不會放棄的哦，絕對不會。」

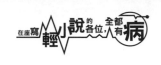

走在前方的我，聽清了這句話，不禁雙目睜大。

站在地鐵站下方的臺階，我回過身，朝上方的沁芷柔看去。

沁芷柔用輕快的步伐，快速拾級而下朝我接近。

「——原本預計要搭的地鐵，快要進站了哦，我們走吧！」

沁芷柔從我身旁快速擦過，並且繼續小跑步前行，我趕緊跟上她的步伐。

在地鐵逐漸進站的廣播聲中，努力加大步伐前行的我，望著前方沁芷柔的背影。

沁芷柔始終沒有回過頭。

彷彿不想讓我看見她此時的表情似的，她刻意控制前進的速度，始終走在我的前方。

「……地鐵站漏水了呢。啊哈哈，這裡的施工真是不嚴謹。」

我即將踏足的前方地面，有細小的水滴殘留。

望著那些許水滴，我一怔。

接著，我又望向前方，沁芷柔那既接近，又恍若十分遙遠的嬌小背影。

至此，我的內心，逐漸湧出……難以言表的複雜感受。

第四章　在小葉城說感謝

又是新的一日。

我一向習慣在早上六點整起床，這天也不例外。

在清晨的鳥鳴聲中，我踏進浴室，在洗手臺前面刷牙。

可是，刷牙到一半時，透過浴室鏡子的反射，我忽然驚覺輝夜姬就站在身後。

「噗哇……咳咳咳咳……」

因為輝夜姬就像幽靈一樣無聲無息地出現，一驚之下，我被牙膏的泡沫給嗆到，忍不住連連咳嗽。

「……是妾身失禮了，柳天雲大人。您可以慢慢盥洗，妾身會在此耐心等候。」

穿著淡綠色和服的輝夜姬，將雙手疊在身前向我鞠躬致歉。

雖然她說要等我，不過這樣壓力反而更大了。

漱口將嘴裡的泡沫吐掉後，我趕緊轉身詢問輝夜姬。

「那個……妳有什麼事嗎？」

「柳天雲大人，今天是星期二。」

做出簡單的答覆後，輝夜姬就不說話了。她只是站在原地，用一眨不眨的認真目光盯著我看。

……這是某種啞謎或整人遊戲嗎？我不禁無語。

因為不知道怎麼接續話題，我只好點頭附和。

「嗯，沒錯，是星期二。」

「……柳天雲大人不覺得，今天您有尚未完成的事項嗎？」

啊、原來如此。我明白輝夜姬的意思了。

「啊啊……是寫作嗎？有空時我會寫的，妳不用擔心。」

聞言，輝夜姬一怔，眉毛微微揚了起來。

「……柳天雲大人，妾身都說了今天是星期二。」

她再次言及「星期二」這三個字時，刻意加重了語氣。

「喔喔……嗯，是星期二!!」

我直覺性地察覺了——輝夜姬對於我的答覆相當不滿意，否則她不會重啟話題，又用這種方式說話。

……糟糕，星期二怎麼了嗎？

我就這樣被輝夜姬攔在浴室內，不知如何是好，神態狼狽地與她互望。

幸好，在這時我忽然想起某件事。

「該不會……」

我拿出手機拿看日曆。基本上每一天都被怪人屋的少女們瓜分了，而今天在日曆上的重點標注提醒是「輝夜」。

今天是屬於輝夜姬的時間，如果她想的話，我必須陪伴她。

可是，因為從來沒有人在清晨就突兀地出現，直接擋在浴室門口攔路，所以我一時沒有聯想到這方面。

於是我連忙開口補救。

「啊、妳今天有事嗎？需要我陪妳一起？」

「……是的，妾身今天打算離開家門，所以想要柳天雲大人陪同。預計出行時間，是早上七點整。」

輝夜姬點頭。

「呃……我知道了。」

在得到肯定的答覆後，輝夜姬露出微笑。

然後她側過身，讓出了通往浴室外的路。

我從輝夜姬身旁路過，踏進走廊。

在往自己房間前進的路途中，因為想起某件事，我忍不住回過頭，然後詢問。

「那個……輝夜姬，妳剛剛怎麼不直說呢？」

如果直接提出要求的話，我肯定也會答應的，就不用拐彎抹角地互相發愣那麼久。

畢竟，攔在浴室門口一直強調「今天是星期二」的猜謎行為，怎麼想怎麼怪異。

然而，在我提出這樣的疑問後，輝夜姬卻露出了吃驚的表情。

——大概比剛剛我猜不到星期二涵義時，還要驚訝十倍。驚訝到甚至必須用和服的袖子，遮擋住吃驚張開的嘴巴。

「——柳天雲大人，您怎會這樣問呢？在妾身那個年代，對尚未確認關係的男子明言提出要求，是非常失禮的行為喔。」

「喔……喔喔!!」

原、原來是這樣嗎？又是平安時代的奇特規矩。

「——以及，剛剛妾身站在浴室門口也是有起因的，在妾身那個年代——」

「我、我先去準備出門了!!等等見！」

輝夜姬似乎打算抓住我暢談一番平安時代的規矩，我不由得落荒而逃。

早上七點整，我們在一樓客廳集合。

輝夜姬換了一身淡藍色的和服，早已經正坐在坐墊上等我。

看到我下樓，輝夜姬起身，與我一起到玄關穿鞋子，做好出門的準備。

這時我注意到輝夜姬的鞋子是木屐。

她雖然踩著木屐，增加了一些高度，但依舊極為嬌小，甚至連我的肩膀高度都不到。

這也導致輝夜姬注視我的時候，每次都必須努力抬起頭。

這種由下往上抬頭看人的視線，莫名地有點可愛。尤其輝夜姬的氣質清純，更給人一種楚楚可憐的感受。

準備萬全後，我們踏出家門。

雖然已經到了這裡，但我依然不知道目的地。

所以，我只好發問。

「那個……我們要去哪？」

聽見我的疑問，輝夜姬忽然陷入沉默。

盯～～～

她轉過身，用由下往上的視線，一直盯著我看。

被輝夜姬這樣注視，我忽然有種超級不妙的預感。該不會……？

過了片刻，輝夜姬接續話語。

「……呵呵，柳天雲大人，今天是星期二。」

嗚哇!!果然又來了!!

「──輝夜姬公主大人，請原諒身為現代人的愚蠢在下，用更淺顯易懂的方式告訴我吧!!」

我雙手合十做出拜託的手勢，發出快要崩潰的大喊聲。

「……呵呵。」

看到我的樣子，輝夜姬用和服的袖子蓋住半張臉，發出調皮的笑聲。

「……柳天雲大人，妾身只是開玩笑的，請您不要在意。」

「嗚……」

我居然被輝夜姬戲弄了。

平常一向端莊自重的輝夜姬，很少開這種玩笑，看來她今天心情很好。

良好的心情不減，輝夜姬依舊微笑。

然後，她開口解釋今天的目標。

「柳天雲大人，妾身一直很想去小葉城看看，那邊有許多特別的古物展出……所以今天想邀請您，陪同妾身一起前去。」

「小葉城？是在東北部P縣那裡嗎？」

我曾經聽說過這座城池，據說已經有上千年歷史，是國內僅存的最古老遺跡之一。而且隨著城池伴生的，還有著名的景點小葉湖。

我對輝夜姬點點頭。

「嗯，其實我也想去看看，我們一起去吧。」

東北部離這裡很遠，即使搭高速列車前去，也要五、六個小時吧。

難怪輝夜姬特意早起，找到我提起出遊的邀請。

先在便利商店簡單吃過早餐後，我們搭乘附近的地鐵，轉到最近的高速列車站。

購買高速列車的車票之後，我們坐在月臺的等候座位處，等待列車進站。

因為時間還很早的關係，所以月臺上只有我與輝夜姬兩人。於空曠的月臺裡，狹小的座位上，輝夜姬輕輕在空中踢著踩不到地板的小腳，然後對我露出微笑。

「柳天雲大人，您還記得嗎？我們第一次見面的時候，是您背著妾身攀爬樓梯，將妾身帶到了怪人社裡。以此為契機，妾身認識了許多珍貴的友人。」

「……嗯，我記得。」

那時候，輝夜姬還沒有被文之宇宙的願力治癒，身體極為虛弱，就連攀登三層樓梯都無能為力……勞心費力進行寫作時，甚至會口吐鮮血。

「可是，現在妾身不一樣了。妾身即使靠著自己，也能行走這麼遠的距離，自己搭乘地鐵，走到列車的月臺，得到了能夠正常生活的資格與權力……」

輝夜姬說到這，話聲一頓，才繼續說下去。

「……就連妾身最喜歡的寫作，現在也能自由自在地進行，不用受到身體的限制。能夠自由徜徉於深愛的文字之海中，體會那無窮無盡的可能性，是妾身這一輩子，所體會過的最大快樂。」

我也對著輝夜姬微笑，由衷地向她道賀。

「恭喜妳，這是妳應得的。」

輝夜姬聞言，卻笑著對我搖搖頭。

她的笑容很溫柔。

「不，柳天雲大人，這不是我應得的。妾身並沒有贏得六校之戰最後的勝利。妾身現在所獲得的一切……是當年您拚了命地與文之宇宙進行交換——甚至連文意、道心等視若性命的珍寶也一起押上，這才換來了現今的妾身，換來了妾身繼續生存的機會。」

「我……」

我本來想要說話，但輝夜姬卻在此時低下頭，再次輕聲開口。

「如果不是柳天雲大人的話，哪怕妾身最後贏得了六校之戰的勝利，在拯救麾下的子民後，剩下的願力，恐怕也不足以用來治癒妾身自身吧……原先體弱多病的妾身，斷然無法活到現今……

「……也就是說，柳天雲大人，妾身的性命，是你賜予妾身的。現在的每一回看見月亮，每一次步伐邁出，對於妾身來說，都是原本無法觸及的嶄新開始——所以，妾身想要向您道謝，真的非常感謝您，柳天雲大人。」

輝夜姬慢慢說完這些話後，原本低垂的視線慢慢抬高，凝視著我的雙眸。

「如果……如果真的有不顧一切的勇者……願意到月亮上，拯救孤寂清冷的輝夜姬的話……」

她紅暈著雙頰，將最後一句話說完。

「那麼，柳天雲大人，您毫無疑問……就是只存在於妾身的故事中，那個令身為輝夜姬的妾身……也必須仰望的英雄。」

大概是因為不習慣早起，輝夜姬在高速列車上睡著了。

伴隨著均勻的呼吸聲，她的頭顱慢慢往我這邊靠來，最後輕輕靠在我的肩膀上。望著輝夜姬像小孩子一樣的睡臉，我不禁露出微笑。

中午的時候，我們抵達了小葉城。

在小葉城的外圍處，有穿著鎧甲的工作人員在扮演武士，工作人員也熱情地邀請遊客上前合照。

「柳、柳天雲大人!!您看，是武士喔！是穿著鎧甲的武士喔！」

輝夜姬猛盯著武士不放，她激動地抓住我的手臂。我甚至能感受她的身軀，因情緒亢奮而不斷顫抖。

啊、確實輝夜姬似乎很憧憬武士。

曾經，還發生過這樣的事：我們與怪物君所在的Y高中進行友誼賽——事後，輝夜姬聽說在交戰時曾有武士出現，個性一向成熟穩重的她，居然流露出渴望的表情，對桓紫音老師說出了「再發起一次友誼賽吧」這種不合情理的言論。

想到當初輝夜姬為了奇怪的事情認真起來的樣子，我忍不住感到好笑。

接著，我提出建議。

「既然妳喜歡的話，要不要過去與他們一起合照？」

「妾、妾身嗎？與那些武士大人一起合照？」

輝夜姬瞪大雙眼，用不可思議的語氣如此發話。她不知為何，似乎有些猶豫。

「對，我想他們會很樂意的。」

「可、可是妾身……並不是他們的主公，甚至連友誼之邦也算不上，這樣貿然前去，可能會冒犯到那些大人心中的『大義』……!!如果是這樣的話、這樣的話——」

明明渴望到了極點，但又因為奇怪的煩惱而勉強自己止步不前。在內心不斷天人交戰之下，輝夜姬開始捧著胸口「哈啊……哈啊……」地喘氣，臉頰也帶上興奮的潮紅。

所以我說，別因為奇怪的事情煩惱成這樣啦！

「不會冒犯到他們啦，放心！妳看，那邊不是很多人都上前合照了嗎？」

「真、真的不會嗎？」

「不會！」

「真的真的嗎？」

「真的不會！我保證！用我這輩子最誠懇的態度來保證！」

「既、既然柳天雲大人您都這麼說了……」

終於，在我的勸說之下，輝夜姬小心翼翼地朝著兩名工作人員靠近。

因為輝夜姬的穿著十分顯眼，很快引起了工作人員的注意。

「喔喔!!真是可愛的小姐，怎麼樣？要不要跟我們一起合照？今天有活動，是免費的喔！」

左邊持長槍拄地的武士這麼說。

輝夜姬聞言，有那麼一瞬間露出欣喜若狂的表情，但她很快捏了捏自己的臉頰，強行使情緒平穩下來。

接著，輝夜姬用雙手提起和服下襬，膝蓋微彎，視線收斂，朝兩名工作人員行了一個標準的古禮。

「……妾身，不勝榮幸。」

工作人員用立架上的相機，替輝夜姬拍了好幾張漂亮的合照。

拿著快速沖刷出的相片，輝夜姬與我坐在樹蔭下的石階休息。

輝夜姬寶貝地看了許多遍照片後，將那些照片抱在懷中，露出幸福的笑容。

她在發言時的情緒，也比往常都還要激動、亢奮。

「怎麼辦、怎麼辦、怎麼辦——!?柳天雲大人，妾身光是在城門口，就已經體會到這種會令人暈倒的幸福，妾身……妾身此刻的身心已經被幸福所占據，除了柳天雲大人之外，再也容不下其他事物!!」

「……咦？」

「——啊!!」

夾帶不同情緒的輕喊，同時自雙方口中傳出。

聞言感到訝異發出「咦？」的是我。而輝夜姬則是在話語出口後，忽然驚覺地發出「——啊!!」的聲音。

……會造成現在這種局面，原因無他。

剛才，輝夜姬在極度興奮的情況下，似乎說出了……某些令人無法忽略的話語。

除了我之外，再也容不下其他事物……嗎？

因為感到尷尬，我一直不敢看向輝夜姬。坐在樹蔭下的兩人，緊盯著遠處的小葉城，陷入不語的沉默。

體感時間，彷彿在沉默的空白之間，被無限拉長。

經過好一陣子後，我偷偷向輝夜姬看去，但這時輝夜姬也正好向我看來，雙方有些膽怯的目光，終於在空中互觸。

輝夜姬早已經滿臉通紅，她那忸怩不安的模樣，實在非常可愛。

接著，又一次，我們不約而同地一起開口。

「呃，那個……」

「妾、妾身——」

雙方的話語聲一頓，輝夜姬的臉變得更紅了。

我伸出手，示意輝夜姬先說。

「柳、柳天雲大人，妾身有一句話不知道該不該問您，但、但是妾身一直很想知道答案。」

有一句話不知道該不該問我？輝夜姬鄭重的模樣，讓我對即將來臨的問題，感到有些緊張。

「嗯……妳問。」

為了緩解緊張，我喝了一口自己帶的礦泉水。

「那個……就是……妾身曾聽雛雪大人說，關於喜歡的女性類型方面，您……您異常喜歡上圍豐滿的女性，這是真的嗎？」

「噗————!!咳哈……咳咳咳咳咳……」

聞言，我忍不住噴出剛剛喝的水，被嗆得不停咳嗽。

連做夢都想像不到的驚悚問題，像攻城的巨木那樣直擊我的胸口，使我幾乎喘不過氣。

雛雪那傢伙——!!

我的腦海中，甚至都浮現了雛雪用雙手比出勝利手勢，一邊笑著說：「喵哈哈哈哈哈——雛雪超級清楚的哦!!學長那傢伙喜歡巨乳喔，超級喜歡的喔!!」的可惡模樣。

我擦去嘴角的水漬，為了挽回自己的形象，急忙開口解釋。

「——別聽雛雪那傢伙胡說八道!!」

盯~~

盯盯盯~~~~~~

不知為何，明明聽了我的解釋，輝夜姬卻用奇異的目光盯著我看。

「這樣啊……但是，看到柳天雲大人您慌亂的模樣，關於雛雪大人發言的真實性，妾身……對此也有了幾分猜測。」

「──不不不，不要隨便猜測！因為妳肯定會誤會些什麼!!」

我越來越是著急，甚至都站起身，想要向輝夜姬仔細解釋。

但是，看到我的模樣，輝夜姬卻笑了起來。

「……呵呵。剛剛那句話，妾身是開玩笑的，柳天雲大人您別緊張。」

「嗚啊!!」

──又是「今天是星期二」那種類型笑話嗎!!不要每次都用這麼嚴肅的表情開玩笑啦，我真的會相信耶!!

幸好誤會解開了。事態發展至此，我忍不住鬆了一口氣。

然而──就在我內心鬆懈，重新在石階坐下的那一瞬間，輝夜姬卻冷不防地拋出了、炸彈般令人更加震驚的發言。

「……不過，即使柳天雲大人您喜歡豐滿的女性也沒關係。因為妾身的胸部，其實還是挺大的。」

「咦咦!!」

炸彈般的發言，依舊在持續。

「……上個月，妾身去平民所開的店裡測量過了。若以現代社會的標準來衡量的話，妾身大概是F罩杯。」

F罩杯!?明明輝夜姬的身高連一百四十公分都不到!!

「……雖然沒有沁芷柔大人、風鈴大人那麼壯觀，也不及雛雪大人，但算上妾身的身材比例，視覺效果最大的，應該是妾身才對。」

「嗚哇……等等、別再說了！別再說下去了!!」

我趕緊阻止輝夜姬，避免再說下去，她又產生奇特的誤會。

但輝夜姬的固執在這時展露無遺，她堅持著說出最後一句話，替自身的論點劃上句號。

「為了佐證妾身所言非虛……柳天雲大人，您看，妾身也可以做到這樣的事。所以，您選擇妾身也是可以的。」

說完最後一句話後，輝夜姬用手指微微勾開了和服的前襟，將剛剛入手的照片，輕鬆塞進了乳溝裡。

……好大。

輝夜姬似乎沒有裹慣用的纏胸布，在莊重和服的掩蓋之下，那些微露出的性感，更令人感到心跳加速。

然而，最令人在意的是，輝夜姬剛剛說出了「所以，您選擇妾身也是可以的」這樣的話。

——這句話令我不知道如何回應，努力想要做出不失禮的回應，卻越來越感到手足無措。在這句話之後，氣氛也變得有些尷尬。

此時，或許察覺了我的模樣相當狼狽，輝夜姬凝視著我。

看了一陣後，像是理解了什麼，她忽然露出溫柔的微笑。

「……柳天雲大人，請不要介意，剛剛妾身那些提問……也只是玩笑，您可以只視為玩笑。」

只是玩笑嗎？像「今天是星期二」那樣的？

我在一怔之後，大大鬆了一口氣。

接著，輝夜姬首先站起身。

「那麼，柳天雲大人，我們走吧，去小葉城看看。」

「嗯……嗯嗯!!」

輝夜姬離開樹蔭，走到了陽光下。

有那麼短短幾秒鐘，她走在我的前方。這是今天首次，我們沒有並肩而行。

「……——!!」

在那未曾並行的短暫時光中，我凝望著前方輝夜姬的背影。

恍若錯覺，那穿著和服的嬌小身影，在沉默之中，似乎帶著一絲落寞。

小葉城的占地範圍很大。

穿過城門後，從登城口進入，有些樓層掛著許多會自動播映動畫的液晶螢幕，上面介紹著這座城池的歷史。

也有些樓層擺放著武將鎧甲，用繩子圍住讓遊客能夠遠觀。那鎧甲的陳舊與斑駁感，與城外工作人員所穿的不同，充斥了殺伐與血腥之意，可以從中略微窺見、當初穿著這些鎧甲的武士們，究竟經歷了怎樣的廝殺。

更珍貴的鎧甲，則是用透明的玻璃保護住，這些都是有名的武將所穿過的鎧甲，其中也不乏令人久聞大名的一方諸侯。

「嗚哇！是鎧甲耶!!真正作戰過的鎧甲!!」

在觀賞古物的過程中，輝夜姬的雙眼始終閃閃發亮，充滿對於舊時文物的喜好與渴望。

「……咦？那個女孩子好可愛，是來這裡拍攝的模特兒嗎？」

「確實呢，真的超級可愛的！不過她身邊那個男的是誰呀？準備扛攝影機的工作人員嗎？」

在遊覽小葉城各層的過程中，有很多遊客注意到輝夜姬出色的美貌，即使他們壓低聲音討論，也有些許低語傳入耳中。

……果然輝夜姬很可愛啊，即使是在這種擁擠的觀光潮中，也能引起不小的關注。

無視周遭的閒言蜚語，我與輝夜姬登上了天守閣。

站在天守閣的欄杆旁，輝夜姬注視著遠處的景色，露出微笑。

「柳天雲大人，這裡所能入眼的景色，真是漂亮呢。為了生活而奔波的人群……容納麾下子民所居的宅邸……遠處那綠意盎然的山巒，從這裡看來，所有的東西，形成了一條融為共景的天下之線。」

「嗯，確實很不一樣。」

我點頭回應。

輝夜姬沉默片刻後，繼續說了下去。

「……然而，哪怕將那天下之線盡收眼底，曾經立於小葉城之顛的大名，終究也沒能完成統一天下的霸業。哪怕以他身分之尊貴，站在千萬子民拱立而出的制高點，終究……還是有想要……卻得不到的東西。」

我仔細聆聽輝夜姬描繪心中所想，緘默許久後，再次點頭。

天守閣處於高處，強風迎面而來，一刻未曾止息。

輝夜姬彷彿要迎接那風勢，又好似打算觸摸某種未能索及之物，她輕輕向空中伸出右手，手掌輕輕虛抓。

「……妾身呢，在六校之戰結束後，曾被A高中的子民們備加擁戴，他們全都流下淚來，表達過去那段時日，他們受妾身所守護的感激……透過他們做為基礎，妾身在成為輕小說家之後，讀者的擴張速度十分驚人，此刻能夠超越妾身的作家，已經不多……

「換句話說，妾身此刻已經擁有了名望，擁有了健康的身體，更擁有了追尋喜愛事物的資格……妾身早已經得到超乎預期的幸福，應該要滿足於現狀……妾身必須心滿意足才是。」

輝夜姬原本虛伸到半空中的手掌，原本呈現虛握的樣貌。

「……因此，不該要求更多，妾身……沒有資格再要求更多了。」

語畢，像是要放開某種事物那樣，輝夜姬的手掌慢慢張開。

望著輝夜姬的側臉，聽著她靜靜地道出內心所想，一種令內心深處感到酸楚的感受，逐漸湧上……最後形成了難以形容的複雜情緒。

在那幾乎會令身軀搖晃的勁風中，輝夜姬嬌小迷你的身軀，顯得如此脆弱與單薄。

然後，輝夜姬慢慢轉過頭，與我視線相接。

「柳天雲大人，您還記得嗎？曾經，在六校之戰中，那時妾身已經死去，而妾身殘存的執念，幻化為妾身的模樣……詢問您……可否成為妾身的月亮。」

這件事我當然記得。輝夜姬在復活後，大概也收納了殘存執念的記憶……不，或者該說，哪怕是殘存的執念，同樣也是輝夜姬。

輝夜姬輕聲接續話語。

「當時，柳天雲大人您答應了，答應成為妾身的月亮。」

「……嗯。」

我點頭。

輝夜姬微微一笑。那笑容裡帶著點哀傷，也帶著彷彿即將割捨重要事物的……不捨之意。

「……可是呢，就像曾經小葉城的城主一樣，他不滿足於一城之主的身分，想要成為天下人，因此他失敗了……他想要的東西，太多也太沉重，進而壓垮了他。

「……而《竹取物語》中的輝夜姬，同樣如此。被求婚的輝夜姬，從未迎來理想之人。因為她想得到的東西太多，多到已經掌握不住……所以，輝夜姬最終孤居於清冷的月亮上，是她……從提出要求的那一瞬間，就已註定好的宿命。

「……而此刻，自居為輝夜姬的妾身，同樣如此。

「……擁有了嶄新的幸福人生，妾身已經得到了太多，相應的……必須背負的業果，也會隨之變得沉重。」

輝夜姬轉過身，對我微微一笑。

「因此，能夠擁有獨占柳天雲大人的今日……」

語畢，輝夜姬轉過身，慢慢步下天守閣。

「……妾身，已然知足。」

夜漸漸深了。

小葉湖位於小葉城外圍，是獨立於小葉城的景點。即使在晚上，也有不少遊客划船其上嬉戲。

日行城，夜遊湖，是此地景點的最佳寫照。

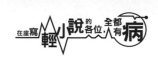

而因應眾多遊客，每當月圓之夜，小葉湖湖畔都會有熱鬧的廟會舉行。

此時，我與輝夜姬適逢其會，兩人站在廟會入口，望著裡頭眾多攤販。廟會的布置呈現狹長形，左右兩邊的燈籠不斷往內延伸，攤販林立於兩邊的燈籠之下。

我們隨意漫步，逛著眾多棉花糖、章魚燒等食物攤販，我們甚至還看見簡易壽司的攤子。

這時，像是想起了什麼，輝夜姬忽然「啊」了一聲。

「柳天雲大人，您還記得飛羽嗎？」

「嗯，我記得。」

是在六校之戰中，跟在輝夜姬身旁，守護她的騎士吧。

輝夜姬露出有點懷念的神情。

「小飛羽呢，被文之宇宙的願力復活後，順利從高中畢業，目前回到老家那邊，在一間知名壽司店……進行壽司師傅的修業。據說他是所有學徒裡學得最快的，具有幾十年經驗的老師傅，都對他讚不絕口。」

「原來如此……」

聽見故人的名字，我不禁微笑。看來飛羽那傢伙還是過得不錯。

在逛到廟會尾端時，我們路過販售蘋果糖的攤子，輝夜姬的眼睛瞬間亮了起來，完全無法掩飾對蘋果糖的喜愛。

見狀，我忍不住失笑。

「……我買蘋果糖給妳吧？」

我原本以為輝夜姬會點頭。

可是，聽見我的詢問，輝夜姬露出輕笑，微不可見地搖了搖頭。

「……柳天雲大人，您還記得嗎？以前在六校之戰中，有一次同樣在廟會裡，您買了蘋果糖給妾身。」

我一怔，頷首。

「嗯，我記得。」

「……那麼，這一次輪到妾身回禮了。」

語畢，輝夜姬緩步上前，買了兩支蘋果糖，並將其中一支遞給我。

「啊、謝謝。」

我接過蘋果糖。

輝夜姬望著我，露出微笑。

「當年的妾身，正是因為柳天雲大人您買蘋果糖給妾身……才開始暗自萌生期盼與希冀，最後……情不自禁地開始追逐、本不該存在於妾身身側的月影……沉浸於

註定不被實現的美夢中……」

雖然輝夜姬在笑，但她的語氣，卻帶著濃厚的感傷。

見狀，我不由得沉默了下來。

輝夜姬則繼續發言。

「……取之於此……亦去之於此。妾身對於追逐那月影的腳步，究竟該不該再持續下去，還該不該……再抱有無謂的希望……」

接著，像是在勉強自己那樣，輝夜姬對我露出燦爛的笑容。

「抱歉，是妾身妄言了。無論如何，妾身會將與您之間的回憶，當成一輩子最珍貴的寶物，謝謝您……柳天雲大人。」

輕聲將最後的話語出口，輝夜姬轉過身，緩步往入口的方向走去。

我慢慢跟在輝夜姬的身後。

望著手中的蘋果糖，思及輝夜姬方才的話語……難以言喻的複雜感受，於內心深處逐漸滋生。

第五章 交錯時空

昨天去小葉城，回程時搭乘最晚的末班車，我們真正回到怪人屋時，已經是半夜了。

因為缺乏睡眠，隔天我直接睡到中午。

「啊、錯過早餐了……」

起床後看看時間，打著渴眠的哈欠，我走下樓，想要到廚房倒杯水喝。

這時候，正值怪人屋眾人的忙碌時刻。

早晨到下午，這段精神格外飽滿的時間，通常會被大家用來寫作或繪圖。等到夜幕降臨，工作告一段落的大家才會在一樓客廳集合，進行小型聚會。

所以，現在一樓客廳，理應空無一人。

不過。

「哈啊……唉……」

不過，此刻卻有一個看起來很閒的人，在客廳裡發出誇張的嘆息聲。

這個人用右手兩指夾著高腳玻璃酒杯，輕輕搖晃著杯中鮮紅色的液體。

……是桓紫音老師。

並且，桓紫音老師皺著眉頭，一直盯著高腳玻璃酒杯看。

「這魔具……已經無法承載那千萬年的鮮血，所堆積而起的怨念……即使用吾之皇名加以鎮壓，以那足以顛覆世間的闇黑天幕……亦無法遮掩真相。」

自顧自地強調著自己吸血鬼皇女的身分，桓紫音老師今天也依舊中二。

當老師的中二病徹底發作時，在怪人屋裡能理解她言論的人，其實不多。

不過，基於某種我自己也不理解的原因，我居然是能聽懂的少數人之一。

她剛剛是在抱怨「我不滿意這個高腳玻璃杯」。

我穿過客廳，在廚房喝過水後，想要回身上樓。

可是，我甚至都還沒走近樓梯，身後又傳來桓紫音老師的話聲。

「……零點一，身為吾麾下還算得力的闇黑眷屬，聽了吾剛剛那番話……汝有何感想？」

呃……聽了剛剛老師的發言，有什麼感想？

真正的感想，我其實不敢直說。

在這時，或許是察覺了我為難的表情，桓紫音老師哼了一聲，露出充滿自信的微笑。

「——不必擔心，汝就直說吧。經過這些年的休養生息，吾已經成為寬宏大量的吸血鬼皇者。因此……不管汝稟報的內容再怎麼逾越本分，吾也不會動怒。」

是這樣嗎？好吧。

猶豫片刻後，我實話實說。

「……那個，老師，我覺得妳很中二。」

「……——!!」

聞言，桓紫音老師立刻臉上變色。

「——汝這麼中二的傢伙居然說吾中二，這毫無疑問是對於吾最大的侮辱!!不可原諒，即使必須接受太陽的照射，吾也絕對不會原諒汝！」

她如此氣憤大喊。

因為感到委屈，我忍不住喊了回去。

「——妳不是說妳不會生氣嗎!!」

「那也要看情況!!被汝這種超級無敵中二病說成中二病，吾怎麼能夠忍受!!」

桓紫音老師又喊了回來。

被老師形容成「超級無敵中二病」，我不禁愕然。

「等等，我沒有中二病喔！從來都沒有過！」

「從高中到現在依然不肯承認嗎!!零點一，給吾好好認清自己中二的事實!!」

我們瞪著彼此呼呼喘氣。

這時候，似乎也是剛剛睡醒的輝夜姬，揉著惺忪的睡眼，從樓梯轉角處緩步走下。

「……桓紫音大人、柳天雲大人，諸位為了何事爭吵？」

看見輝夜姬，桓紫音老師露出很高興的表情。

「——吾之盟友哦！汝來得正是時候，快來替吾等做出公平的裁決與審判!!如此一來，像零點一這種迷失了路徑的血徒，才會對尊貴的吾感激涕零地低下頭顱!!」

輝夜姬用袖子掩住下半張臉，眼神變得嚴肅起來。

「裁決與審判……嗎？那麼，究竟是什麼事呢？」

聞言，桓紫音老師立刻用手指指向我。

「明明中二到了極點的零點一這傢伙，居然說吾中二！這簡直是對吾最大的侮辱!!輝夜姬，汝倒是評評理，吾與零點一誰比較中二？」

「是桓紫音老師吧？是吧？」

我也搶著開口。

面對輝夜姬這個臨時授任的審判者，我與桓紫音老師明顯都極為渴望得到她的贊同。

可是。

「……柳天雲大人與桓紫音大人……誰比較中二？」

平常一向理智與行事乾脆的輝夜姬，卻在此時慢慢瞪大雙眼，露出猶豫至極的神情。

「——毫無疑問是零點一這傢伙吧!!」

「——肯定是老師吧!!」

面對我們的逼問，輝夜姬有些慌亂。

「那、那個——對了，妾身想起來還有寫作上的事情得處理，兩位大人，請容妾身先行告退。」

踩著逃難似的腳步「咚咚咚咚」地衝上樓梯，輝夜姬的身影迅速消失在我們的視線中。

居然逃跑了！回答這問題，有這麼強人所難嗎!!

我與桓紫音老師先是面面相覷。

最後，因為覺得情況有些滑稽，忍不住一起笑了起來。

「什麼嘛，零點一汝這傢伙，還真是不服輸呢。」

「老師妳不也是嗎？」

「……哼哼。」

桓紫音老師雙手抱胸，在沙發上坐了下來。

「……話又說回來，身為吾的眷屬，汝肯定對吾剛才愁眉苦臉、盯著玻璃杯看的奇怪行徑，感到十分疑惑吧？」

……不不不，奇怪的人做奇怪的事，反而顯得正常吧。

但是，如果將內心的話語誠實吐露，毫無疑問會點燃另一場吵鬧戰爭的導火線，所以我只是含糊地「啊、嗯嗯」蒙混過去。

老師似乎對這樣的回應感到滿足，她在點頭的同時交叉雙腿。

因為她今天穿著高腳黑絲襪的關係，這個舉動讓修長的腿部格外顯眼，隱隱約約可以看見透薄縫隙下的雪白肌膚。

這時，桓紫音老師將高腳玻璃杯舉到眼前，仔細打量著杯身。

「……零點一，就算愚鈍如汝，也應該看出來了吧。這酒杯……已經不再具備承載魔力的資格，因此吾等必須尋求新的魔具。」

將桓紫音老師的話翻譯成常人也能懂的話語，大概就是：「這酒杯已經舊了，我想要換新的。」

理解對方的意思後，我發言詢問。

「呃……所以妳想換新的酒杯嗎？」

「不是酒杯，是魔具。」

被挑剔了用詞嗎……那麼……

「那個……所以老師妳想買新的魔具？」

「不是買，是尋求。足以承載吾之魔力的高貴器具，豈能透過交易這種庸俗行為來獲得。」

……算我服了妳了。

被折騰到無可奈何，我只好雙手合十，低下頭認真地做出拜託的動作。

「我認輸了、真的認輸了，請告訴我接下來該怎麼辦！」

似乎是被我的動作逗樂了，老師忍不住噗哧一笑。

接著，她原先交叉的雙腿一起落地，然後挺起原先靠在沙發上的背脊。

「零點一，汝今日很閒吧，今日應該有空吧，那個……今日……」

雖然擺出認真發話的態勢，但不知為何，她反而語氣變得遲疑，而且視線一直往旁邊飄開。

其實今天我並不怎麼閒。

但是剛剛老師一直提起「今日」這個詞彙，讓我聯想起某件事。

我打開手機查看日曆，果然發覺今天是預計要分給桓紫音老師的日子。

此時，前因串聯後果，我終於真正理解了老師這一系列奇怪行動的背後涵義。

老師想要我陪她一起去買新的高腳玻璃杯，只是因為某種奇怪的執著，始終不肯直言。

我忍不住嘆口氣，看來只好由我來打破僵局了。

「那麼，老師，我們今天一起去買……呃，一起去尋求新的魔具？妳看怎麼樣？」

老師的眼神從剛剛就一直飄來飄去躲避我的視線。聽見我的發言後，她驚訝地睜大雙眼，臉上也泛起不自然的紅潮。

為了掩飾那份驚訝，她乾咳了幾聲。

「咳咳……這、這樣啊……不愧是吾的下屬，偶爾也能提出點像樣的意見。不、不過——汝可別誤會了，雖然尋求魔具的過程中，是吾等男女二人單獨出行，但這並不是人類世界裡所謂『約會』，只是為了延續血之皇朝的必要之舉！」

為了避免節外生枝，這裡我不斷點頭附和。

「好的，我明白了。這不是約會，只是尋找魔具的旅程。」

然而，受到我的贊同，理應無比滿意的老師，卻不滿地皺起眉頭。

她向我看來，慢慢瞇起眼睛。

「……汝真的明白了嗎？吾的意思？」

「嗯嗯，這不是約會，只是尋找魔具的旅程。」

老師的表情看起來更不悅了。

「喂，零點一，是不是常常有人說汝相當遲鈍？尤其在應對女孩子這方面。」

「啊？」

被已經稍微顯得嚴厲的話語如此批評，我不禁愣住。

我明明已經贊同老師了，甚至都複述了她的話，為什麼還是無法讓她滿意呢？

「真是遲鈍、遲鈍極了。算了，吾等先做好出門的準備吧，晚點在大門口集合。」

先是一通令我困惑無比的批評，接著老師站起身，往樓上自己房間的方向走去。

在極度的疑惑中，我跟在老師身後，慢慢爬上樓。

然而，直到最後，我也想不透老師為什麼忽然生氣。

因為要出門，所以我跟老師暫時分別，各自換上出門的裝扮。

利用最後一點時間，我找到待在各自房間內的其餘怪人屋成員，想弄清楚老師為什麼生氣的原因。

首先，我找到幻櫻。她那麼聰明，肯定知曉答案吧。

幻櫻原本在寫作，她旋轉過椅子，面向站在門口的我。

「……就是如此這般這般，然後老師忽然就生氣了，這是為什麼呢？」

聽清詢問後，幻櫻不知為何沒有答覆我。

她就只是維持似笑非笑的招牌表情，自言自語了一句「是啊，為什麼呢？」然後一直盯著我看，直到我承受不住那目光、落荒而逃為止。

糟糕、糟糕、糟糕。難道我無意中提出了某種糟糕的答覆嗎？

思及此，內心的壓力逐漸增大。如果無法解開疑惑的話，我會很不安。

這時候怪人屋裡，還有誰有空呢？記得沁芷柔跟風鈴還有輝夜姬都在趕稿期間，那麼有空的人，大概只剩下雛雪吧。

由於雛雪的房間就在不遠處，出於求教的心態，我敲響她的房門。

叩叩叩。

雛雪的聲音很快從房內傳出。

「來了來了！這裡是小雛雪唷！請問門外是哪位？」

「是我。妳在忙嗎？我有事情想請問妳。」

雛雪從聲音中辨認出我的身分，馬上又答覆。

「雛雪正在練習哦！但如果是學長的話沒關係，請進來吧！門沒有鎖哦，不如說隨時都歡迎學長像野獸那樣來襲擊雛雪哦！」

我習慣性地無視了雛雪像動物發情那樣的後半段話語。

只是……正在練習？是畫畫方面的工作嗎？

如果有正事的話，我原本不打算打擾，可是雛雪這時再次出聲催促。

「學長學長，請進來吧！」

「……那麼，我打擾了。」

我依言打開雛雪的房門。

然後看見穿著寬鬆居家服的雛雪，仰躺在床上，用力抱著等身高的抱枕。

她不光手臂緊抱住抱枕，就連雙腳也呈現剪刀腳的樣子，反向叉住了抱枕的尾部。那模樣讓人聯想起無尾熊。

「……？？」

嗚啊，這傢伙……眼前詭異的情景，讓我忘記原先的目的，嘴巴也因為吃驚而忍不住大張。

然後，腦海中唯一的念頭脫口而出。

「喂！妳在做什麼啦！」

「雛雪解釋過了，是練習！」

依舊維持著仰天四肢纏抱抱枕的動作，雛雪解釋得理直氣壯。

但我卻越來越感到困惑。

「所以說、這到底是什麼鬼練習？」

「啊、這個嗎？是雛雪模擬被學長夜襲，遭到壓住的時候的練習喔!!」

雛雪想也不想立刻回答。

「——不光如此，雛雪也認真練習了其他情況的應對方式哦，學長你看你看!!」

語畢，雛雪「嘿唷——!!」一聲翻過身，反過來將抱枕壓在身下，呈現騎乘抱枕的姿勢。

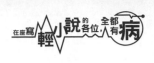

「哈啊……哈啊……學長你看，這是雛雪反過來夜襲學長時候的姿勢哦!!雛雪也好好練習過了！就連扭腰的速度與角度都——」

在雛雪喘氣著持續發情時，我迅速關上房門。

啊、果然我走錯地方了。

我是怎麼想的呢？居然會想請教怪人中的王者這樣的存在。都要對自己錯誤的選擇感到悲哀了。

「學長好無情、明明雛雪話都還沒說完，明明雛雪都努力練習了！這樣就算是雛雪也會難過喔，超級難過的喔!!」

無視身後某間房間傳出的抱怨聲，我看看時間。

啊、與老師約好的集合時間快到了，趕緊換好衣服後下樓吧。

換好衣服後，我到大門口與桓紫音老師會合。

桓紫音老師在白色襯衫外套著薄西裝外套，而下半身則是紫色的短裙。視線如果再往下移，就會看見若隱若現的黑色連身褲襪。

因為老師的腿相當漂亮修長，所以穿著連身褲襪的部分特別吸引視線。

「……零點一，汝在看哪？」

「啊……沒有!!」

老師似乎是對別人視線特別敏感的那類型，而且會這樣直白地指出這點的，怪人屋中也只有老師吧。

不過，超乎我意料的是，她並沒有露出厭惡的表情。

相反地，她展現勝利者般的微笑。

「……這樣啊，歷經幾次血紅之月即將崩落的危機後，汝也懂得欣賞本皇女的闇影之姿了嗎？」

「啊、不，那個……」

看到我狼狽的模樣，老師忽然笑了起來。

預計前往購買高腳玻璃杯的地方，是附近新修建的百貨公司，據說八樓有高腳玻璃杯的專賣店。

因為大眾運輸工具到達那邊的班次很少，所以我們坐計程車去。

雖然坐車時我們沒有交談，但老師的心情似乎好轉不少。

下車後，我們依照手機導航的指示，沿著人行道往前走。

「話說回來，居然有高腳玻璃杯的專賣店啊……真是稀奇。」

高腳玻璃杯這東西不是看上去都差不多嗎？專賣店裡該不會都是同款的商品吧。

大概讀出了我內心的想法，桓紫音老師戳了戳我的額頭。

「零點一，汝的發言就跟『所有火車都是一樣的』，是那種會得罪世上所有鐵道迷的問題發言喔！換成高腳玻璃杯的話，就是得罪所有高玻迷。」

高玻迷，似乎是「高腳玻璃杯迷」的簡稱。

在行走的過程中，桓紫音老師粗略向我解釋了高腳玻璃杯的魅力。似乎有不少狂熱愛好者獨鍾於玻璃杯，還為此成立了專門的網路社團與定時的線下聚會。

「也就是說，高腳玻璃杯名品來自不同的產地，就算是同一個工廠所產出的也……」

「原、原來如此……」

我有點招架不住桓紫音老師滔滔不絕的講解，她對高腳玻璃杯的熱愛，幾乎要與寫作並駕齊驅。

說話之間，百貨公司已經近在眼前。

「雖然今天是開幕的第一天，吾已經有心理準備，但是這人潮……」

為了得到限量版的高腳玻璃杯，所以桓紫音老師特地挑今天前來。可是哪怕我們來得很早，距離正式開幕時間都還有二十分鐘，百貨公司門口卻已經擠得水洩不通，就連排隊的動線都極為混亂。

在極力引導人潮的工作人員努力之下，在排隊經過一小時後，我與老師終於擠進百貨公司。

然而，這還只是人擠人大戰爭的開始。

因為第一天開幕有許多專櫃進行大特價，許多上了年紀的婦人奮力往前衝鋒，試圖搶到最好的位置，我們被人潮衝得身體東倒西歪，也因此失散了許多次。

在不知道第幾次面臨「被人潮沖散↓尋找彼此」這個循環時，老師忽然用手臂勾住了我的手臂。

「……先暫時保持這樣吧，否則又會分散的。」

在說出這句話時，老師撇過頭發言，我看不清她臉上的表情。

可是，從我的角度卻能看見她的耳根紅透了。

「嗯……喔喔！好。」

因為氣氛有點微妙，所以我的回答也有些紊亂。

幸好在吵雜的人群中，彼此也沒有太多交談的機會，尷尬逐漸被熱鬧的氣氛沖淡。

因為電梯那邊人多到根本無法使用，所以我們搭手扶梯一層一層往上攀登。

因為客人留在比較低的樓層搶購，終於抵達八樓時，這裡終於不再那麼擁擠。

「嗚哇！剛剛簡直就像擠滿員電車一樣！噩夢，完全是噩夢!!」

奮力突破難關後，桓紫音老師疲倦地喘著氣。

這時候，老師忽然看向我們挽著彼此的手臂，臉色有些微變化。

「那個……這裡……人還是挺多的，對吧？」

老師說話速度很慢，也很猶豫，彷彿每一個字句，都需要小心翼翼思考再說出口。

讀出她的猶豫與那言外之意，我沉默片刻後，點點頭。

於是，我們就保持著這種微妙的狀態，直到買完高腳玻璃杯為止。

「就是這個、就是這個，吾想要這個魔具很久了！」

到現在也還在堅持魔具的設定啊……我不禁無語。

我們踏出玻璃專賣店的門口，回到百貨公司走道。

在這時候，我忽然發現右側有些異樣。

有一個人，或者說有一名二十多歲的年輕女子，正朝我們這邊走來。無可挑剔的精緻五官，加上前凸後翹的身材，以及雖然穿著ＯＬ服卻依舊顯得相當入時的打扮，所有優異的條件，共同形成驚人的雌性魅力。

有一瞬間，我產生她彷彿在發光的錯覺。

但我馬上發覺，事實並非如此。

會產生剛剛那種錯覺，是因為這年輕女子的美貌太過驚人。

原本一個人混入擁擠的走道裡，理應不是那麼顯眼，但這個人在行走的過程中，卻吸引了周遭所有人的注意，彷彿她本來就應該是這個區域、這個世界的中心那樣，四周的一切都只能淪為陪襯與綠葉。

美貌女子手上拎著某化妝專櫃的小提袋，似乎也是來這裡購物的。

她從我身旁擦過時，有一瞬間與我四目相接，視線馬上又掠進了空處，明顯完全不在乎我的存在。

尤其值得一提的是她的眼睛。

她的眼睛是那種眼角略微下勾的，充滿魔性的桃花眼。光是與其略微相觸，意識彷彿就會被吸入其中。

我用力搖搖頭，試圖擺脫這種詭異的感受。

可是，就在年輕女子走出不遠後，她忽然半回過頭，露出驚訝的表情。

「……嗯？是妳。好久不見了。」

美貌女子注視的目標，是我旁邊的桓紫音老師。

桓紫音老師僵著臉，用生硬的語氣簡短回應。

「嗯，好久不見。」

明顯不是對熟人說話的語氣，難道這兩人關係不好嗎？

此時，桓紫音老師用很輕的音量對我耳語：「這傢伙叫做十宮亂鳳，是吾以前還在當老師時認識的人，喜歡勾引男人，是個討厭的傢伙。」

十宮亂鳳整個人回過身，在向我們靠近的同時，手掌扶著臉頰，露出嫵媚的笑容。

「哎呀哎呀，是在偷偷說人家的壞話嗎？紫音，身為老師，這可是不好的示範哦。」

「……別用那種稱呼叫吾，吾跟汝沒那麼熟稔。」

桓紫音老師依舊十分冷淡，態度拒人於千里之外。

被這樣冷淡對待，十宮亂鳳臉上的笑容卻絲毫不減。

值得一提的是，她雖然露出笑容，但眼神卻十分冰冷。彷彿暗藏著萬古不化的堅冰，其眼眸深處，其真正的情感投映之處，盡是天寒地凍的荒涼之地。

十宮亂鳳雙手抱胸，用高傲的模樣繼續發話。

「紫音，自從幾年前教師研習會之後，就沒再碰見妳了呢……啊呀啊呀，我想想……那時候妳是怎麼跟我說的呢──『吾跟汝這種隨時都在發情的女人不一樣，吾只要有寫作相伴就夠了。』，是這樣說的沒錯吧？」

桓紫音老師居然對她說過那種話嗎？看來這傢伙記恨記了很久啊。

十宮亂鳳的視線，從桓紫音老師的臉上，緩緩拖移到我們兩人依舊勾著的手臂上。

然後，十宮亂鳳笑出聲來。因為胸部很大的緣故，她在笑的同時，胸前也不斷顫動。

「──呼呼呼，可是，當初那個自命清高的妳，現在也有了男人嘛。而且眼光還不怎麼樣……坦白說，這個男人看起來挺普通的、屬於普通到放進人群裡會『嘶～～』一聲徹底融化的那種類型哦？」

然而，耳聞對方赤裸裸的譏諷與嘲笑，桓紫音老師卻沒有動怒。

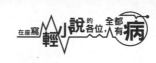

反而，她也笑了。

「普通？十宮亂鳳，汝說吾身旁這個男人普通？顯而易見，汝的目光真是糟糕得一塌糊塗。」

「妳……」

十宮亂鳳似乎想要說些什麼，但桓紫音老師卻打斷她的話。

「——吾明白，汝也有特殊的『眼睛』吧。可是，像汝這種膚淺的女人，是看不清這個男人的優點的。他比任何人都勇敢，比任何人都堅強，跨越了生死，超越了時空，從絕望的處境中，不惜一切代價……只為了回到吾等的身旁，再次對吾等展露笑容——」

桓紫音老師說到這，深深吸了一口氣，然後才將話語繼續說下去。

「所以，吾很肯定不會再有了，不會再有比這個男人優秀的對象。在吾的眼中看來，他無時無刻都在散發出耀眼的光芒。那是夢想的光輝，也是讓人感到溫暖的依靠。」

「妳——!!」

十宮亂鳳皺起眉頭，她想要說些什麼，卻又一次被桓紫音老師打斷。

「所以，十宮亂鳳，汝儘管繼續沉淪吧。像善舞的蝴蝶那樣穿梭於男人之間，沉淪陶醉於虛假的暖意之中——最終，在夢醒之際，深切懺悔於過往的悲哀。」

十宮亂鳳氣得胸脯急速起伏。

因為不認識對方，旁觀的我只能持續沉默。

……話說回來，這兩人之間的交情，與其說不好，不如說是極其惡劣。

至少我從來沒有看過女生之間這樣吵架。

「……零點一，走吧。別理這傢伙了。」

像是再也不想與對方多相處一秒，桓紫音老師不等對方回話，拉著我，往走道的另一邊迅速走去。

被老師拉著走的同時，出於好奇，我忍不住回過頭。

然後，我發現十宮亂鳳用手遮住左邊的眼睛，只用右眼朝我們看來。

接著，十宮亂鳳嘴角翹起，依舊用那種冷冽的眼神，露出意味深長的微笑。

最後，她恢復了初遇時的冷靜，轉過身，踩著優雅的步伐離去了。那身姿，依舊是那樣的萬眾矚目，依然是那樣的風華絕代。

即使個性再怎麼差勁，光憑那驚人的美貌，依然會有無數男性甘心拜倒於石榴群下吧。

簡直就像魔女。

明明知曉其危險性，但受其魔性誘惑，男性依舊會身不由主地接近，並為此徹底瘋狂。

在離去時，她走入了重新變得擁擠的人潮中。如同鶴立雞群般，不管位於何處，她的豔姿依舊顯得無比耀眼。

彷彿舞臺女主角那樣成為焦點。

又好似天生備受異性尊崇的女王蜂。

十宮亂鳳逐漸遠去的倩影，令人無比印象深刻。（註2）

我與桓紫音老師離開百貨公司時，已經是黃昏了。

黃昏時的殘弱夕陽，將老師的臉頰染得微紅，那模樣看起來非常可愛。

「哈……啊……總算出來了，人擠人的地方還真是可怕。」

註2　十宮亂鳳的事蹟及插畫，請參閱作者新作《笑容崩壞的女高中生與不能露出破綻的我》。

好不容易從散場的人群中擠出，老師擦著額頭上微微冒出的汗水，一邊開口感嘆。

「……話說回來，零點一，汝剛剛一直在打量十宮亂鳳那女人啊，那傢伙有那麼漂亮嗎？」

我搖搖頭。

不知為何，總覺得桓紫音老師說這句話時有點不爽。

之所以打量十宮亂鳳，是因為她的眼神。

很少有人能擁有那種孤獨、且不帶有任何暖意的眼神。

不過，說起漂亮嗎？

坦白說，桓紫音老師同樣是不可多得的美人。

身材比例十分勻稱，而且擁有白皙的長腿，是少見的帶有古典氣質的美女。

而且，雖然名義上是許多人的教師，但因為桓紫音老師在求學過程中一路跳級晉升，出社會時異常年輕，其實真正的年齡，也不過比我大上三歲左右而已。

也就是說，在我就讀高中時，桓紫音老師不過是大學生的年紀。以年齡差距而言，與其說是師生，倒是更像學姊弟。

加上桓紫音老師看起來比實際歲數更年幼，就算是現在，兩人在街上走在一起，看起來也只像同年齡層的朋友。

「——喂、喂，已經紅燈了喔!!」

正當我出神的時候，桓紫音老師忽然伸手攔在我身前。

抬頭一看，確實前面馬路的人行道已經紅燈了，許多車輛在面前疾駛而過。

……好險，幸好被攔住了。

「……汝剛剛怎麼一直盯著吾看，都看到恍神了？」

「啊……那、那個……」

被老師這樣質問，因為不可能說出剛剛內心真實的想法，所以在慌亂的情況下，我趕緊尋找別的話題。

「那、那個……其實我在想老師妳之前對十宮亂鳳說的話。」

「什麼話？」

「……就是稱讚我勇敢跟堅強的那些話，我並沒有那麼厲害，聽到都有點不好意思了。」

「什麼啊！汝居然在煩惱那個嗎？」

桓紫音老師忽然笑了。

露出真摯的笑容，她牽起我的手。

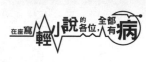

「放心吧，汝可是吾有史以來教過最出色的學生——所以，汝完全可以為了自己而自豪。」

輕輕搖晃著我們兩人之間牽著的手，老師繼續發話。

在說話時，她的赤紅之瞳，似乎比往常任何一刻都還要熾熱與明亮。

「——這可是吸血鬼皇女，對麾下眷屬所做出的保證，所以，柳天雲……相信自己吧。

「汝早已不是昔日不敢向未來邁進的零點一，是能夠將所有珍視之人從絕境中救出的怪人社社長，是怪人屋中不可或缺的一員，所以——

「——在今後，也請像現在這樣，繼續讓吾見證汝的成長吧。」

說完最後一句話後，桓紫音老師直視著我，靜靜等待我的回覆。

感受著從老師手掌上傳來的，那明顯升高的體溫，我不禁一怔。

……像現在這樣，繼續讓老師見證我的成長嗎？

一秒鐘過去。

兩秒鐘過去。

正當我思索該怎麼回答時，桓紫音老師臉上的笑容不減，輕輕放開了我的手。

「……那麼，吾等回歸怪人屋吧，零點一。」

依舊是如同往常那樣輕鬆的語調。

在那疲軟到即將落下的夕陽之下，原先擁擠的人群漸漸消散。

先前那凝而未發的默然，卻在內心深處，逐漸形成難以明言的……複雜感受。

第六章 投稿．柳天雲的趕稿時間

雖然老師買了新的玻璃杯，但卻從未使用過，反而裝進透明的壓克力方框中，小心翼翼地擺設在房間的桌上。

偶爾，在經過老師房間門口時，會看見老師盯著那杯子，露出溫柔的笑容。

當然，老師開心是很棒的事。不過，如果不使用的話，這樣不就失去購買的意義了嗎？因為原本的高腳杯早已經舊了。

難道說，老師還需要一個備用的高腳玻璃杯，才會將之前買的拿出來用嗎？我是不是應該再去買一個呢？否則未免有些不夠體貼。

左思右想始終無法得出答案，那盤踞內心多日的困惑，促使我開口請教他人。

我首先詢問的對象，是沁芷柔。

「……你啊，還真是不懂女人心呢。」

說完這句話，她輕嘆一口氣。

那種「你是戀愛方面的笨蛋吧？」的說法，讓我感到繼續追問的話會有些不妙，所以我只好再問第二個人。

第二個詢問的對象，是雛雪。

之所以會詢問這個怪人屋亂源，是因為其他人都在忙寫作的事，只有早早就將輕小說插圖趕製完畢的這傢伙，在客廳一邊看相聲節目一邊發出笑聲。

起初，我坐到客廳另一端的單人座沙發上。不久後，雛雪注意到我露出有些煩惱的表情，於是她關掉電視，像貓一樣在沙發之間跳來跳去，在距離不遠處的沙發上續力後，一口氣向我跳來。

「嗚啊！危險!!」

雖然乍看之下很危險，但雛雪的跳躍技術比我想像中還要好，她準確而俐落地踩在沙發上所剩不多的空位降落，然後轉身坐下。

因為單人座沙發裡硬是坐了兩人，所以雛雪只能半坐在我的腿上。

這時，雛雪半回過頭，看向我。

「學長居然露出了這種苦惱的表情呢！這是為什麼呢？雛雪很好奇哦！超級好奇的哦！告訴雛雪的話，煩惱肯定會消失的哦！」

雖然原本就打算詢問雛雪，可是因為原本還在斟酌說詞，被搶先這麼提問，原本到了喉嚨的話語，反而縮了回去。

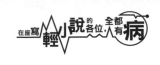

再加上剛才看到這傢伙像動物一樣衝來跳去的魯莽舉動，我不禁再次深思，這個人真的是適合商量的對象嗎？

——但是，內心冒出這樣的想法的瞬間，雛雪忽然瞇起眼睛。

「……學長的身上，正在散發出對雛雪感到不信任的氣息喔！雛雪察覺了，敏銳地察覺了喔!!」

言語傳入耳裡的瞬間，我不禁嚇了一跳。

……我聽說過動物能透過觀察，感受到人類的喜怒哀樂！難道妳這傢伙也有相同的本領嗎！

如果雛雪這麼厲害的話，說不定真的可以解開我內心的疑惑？

可是，就在我猶豫是否提出疑問的時候，雛雪忽然用鼻子發出「哼哼哼……」的揶揄聲響。

「——不過，就算學長不說，雛雪也知道學長的煩惱就是了。你是在煩惱女人的事吧？沒錯吧？」

……居然被猜中了。

我原本不想承認，但被直白地道破真相，也只能感到不太自在地點點頭。

「……算是吧。」

「果然呢，看吧看吧，小雛雪是很聰明的哦！聰明到雛雪都忍不住開始佩服自己了喔！」

「呃……嗯嗯。」

這傢伙還真是自我感覺良好。但是，我被看穿了心思也是事實，這也導致我無話可說。

雛雪依舊維持坐在我腿中間的坐姿，這時她回過頭看向我。

「……不過，學長你還真是在進行不必要的煩惱呢。」

「不必要的煩惱？」

怎麼會不必要？我可是很認真在思考「老師為什麼不用新買的杯子」這件事耶！

就在腦海中閃過這些想法後，雛雪忽然提高音量嚷了起來。

「啊～～又來了!!學長又露出了對雛雪的看法不以為然的表情!!明明剛才才輸給雛雪！明明在這方面這麼遲鈍，卻還是覺得『雛雪這傢伙真不可靠』！這樣是不行的哦，是絕對會被禁止的事項哦!!」

……好聒譟。

雛雪機關槍般的連續發言，讓我根本找不到開口解釋的機會。

雛雪調整了一下坐姿，整個人往後躺靠，就這樣半躺在我胸口。她的頭頂剛好頂在我的下巴，形成微妙的兩人坐姿。

然後，她繼續發言。

「……不過，幸好小雛雪是善良的，善良到超乎學長的想像之外哦，所以就大方告訴你解決煩惱的方法吧！學長正在為了女人的事情煩惱沒錯吧？」

「……可以這麼說。」

聽見我的答覆，雛雪繼續追問。

「那個女人是怪人屋裡的一員嗎？」

「嗯。」

雛雪開口。

「哼哼……那麼，事情就簡單了，學長可以不用再煩惱了。」

「啊？為什麼？」

「因為怪人屋裡的其他成員，早就被學長刷滿好感度了。是那種就算學長被發現潛入更衣室、拿著內衣『呼嗤呼嗤』偷偷吸氣也會被原諒的那種ＭＡＸ等級的超級好感度喔。」

嗚哇！先不提那種像是遊戲一樣的好感度形容法，潛入更衣室什麼的，這傢伙也說得太過了吧！好像我真的是會幹出那種行徑的犯人似的。

因此，我開口辯解。

「我才不會做那種變態的事!!」

「……咦？學長不會嗎？」

雛雪露出意外的表情。

她伸出左手食指，點了點自己的嘴唇。

「……可是，雛雪就做過這種事哦？拿著學長剛換下的上衣趴在床上大口吸氣，直到幾乎喘不過氣為止。」

啊、難怪我洗完澡走出浴室後，常常找不到要送洗的衣服！

聽到這裡，我終於無法忍耐，提高音量開口吐槽。

「——妳可以不要這麼變態嗎!!」

可是，雛雪卻用更高的音量喊了回來。

「——好過分！學長好過分，是要雛雪去死的意思嗎？」

「妳不變態就不能活嗎!?」

「這不是理所當然的嗎！雛雪可是魅魔哦！是血統純正的魅魔哦!!不如說批評雛雪做這些事的學長才奇怪哦！超級奇怪的哦！而且——」

雛雪一句「而且」說到一半，忽然話聲頓止，並且對某個方向投以目光。

我順著雛雪的視線看去，發現風鈴正露出不安的表情，站在樓梯的轉角處看著我們。

風鈴穿著紫紅相間的洋裝，打扮相當可愛。

「那、那個……大家和平相處吧？不要吵架，好嗎？」

由於剛剛我與雛雪發話的音量較大，風鈴似乎誤會我們產生了爭執。

不過，下意識露出那種替別人擔心的表情，風鈴真是單純的好孩子。

雛雪在這時候，忽然站起身。

「不是吵架哦！雛雪只是被學長詢問了類似『妳這傢伙不需要活下去吧？』這種過分的問題，所以內心已經受傷了而已。」

「咦……？前輩居然說出那種話嗎？」

「是的哦！對於身為魅魔的雛雪來說，就是那麼過分的問題哦!!」

我才沒有說那麼過分的話呢！

如果是平常的話，感到無辜的我，肯定會開口爭辯吧。

可是，被風鈴溫柔的視線注視時，原本有些煩躁的內心卻慢慢平靜下來。風鈴那平靜又溫和的性格，彷彿治癒女神般，就是擁有這種魔力。

於是，我沉默片刻後，只是輕輕搖了搖頭。

看到我的反應，雛雪俏皮地閉起單眼，然後笑了。

「哼哼哼……學長竟然沒有反應呢？其實雛雪只是想要捉弄學長而已哦，既然學長沒有反應，那雛雪要離開這裡，去計畫下一波對學長的攻勢了。」

這種攻勢別再來了啦！妳是因為不好意思所以反過來針對心上人的那種小學生嗎！

雛雪踩著輕快的步伐從客廳中離開，在上樓的過程中，與風鈴擦肩而過時，她忽然止步，然後對風鈴發話。

「……話說回來，今天是輪到風鈴妳陪伴學長對吧？」

「嗯？那個……嗯嗯！」

雛雪突如其來的話語，讓風鈴有些不知所措，她猶豫過後點點頭。

「這樣的話，這個給妳。這是小雛雪給妳的禮物哦！千萬不要浪費了哦！」

一邊如此發言，雛雪拉起風鈴的手，把某樣東西交到她的掌心裡。

因為被雛雪的身體擋住，我看不見風鈴究竟收到了什麼禮物，但風鈴低頭看去時，臉上卻迅速湧上紅潮，並且發出遲疑的長音。

「咦……？這個是……」

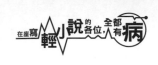

「嘻嘻……那麼，雛雪先走了哦？」

大概是覺得風鈴給出的反應很有趣，雛雪露出頑皮的笑容後，「咚咚咚咚」地小跑步上樓，這次終於離開了。

風鈴紅著臉向我走來，然後拘謹地在客廳最角落的沙發上坐下。

因為客廳很大，所以風鈴看起來像是在刻意遠離我似的，讓我感到有點尷尬。

難道是因為雛雪那傢伙剛剛給了什麼奇怪的東西嗎？為了避免產生奇怪的誤會，我有必要得知所謂的「小雛雪的禮物」，究竟是什麼鬼東西。

所以，我開口發問。

「咳……剛剛雛雪給妳什麼東西？那傢伙總是做一些奇怪的事，妳別介意。」

「那、那個……」

坐在沙發上的風鈴，原先忸怩不安地緊握住手掌。這時候，她張開手掌，朝我展示剛剛握住的事物。

那是一張紙條。

風鈴紅著臉，低聲開口發話。

「那個……上面寫著……前輩您因為正在蒐集寫作相關的資料……所以想知道風鈴、風鈴我的胸圍……那、那個……這是真的嗎？」

「騙妳的！那傢伙是騙妳的啦！別上雛雪那傢伙的當，那傢伙以前就有過很多不良紀錄吧？」

為了避免誤會，我趕緊搖頭否認。

以前還在怪人社裡相處的時候，雛雪就常常對風鈴開一些色色的玩笑，而像天使一樣單純的風鈴每次都信以為真。

當然風鈴也不是因為是個笨蛋所以好騙，從以前她就是個品學兼優的好學生。風鈴就只是太過心軟，心軟到害怕「如果這次是真的呢？」這種事情發生而已。

所以，哪怕雛雪再怎麼狡詐，風鈴也秉持著萬一的希望，一次又一次地對其報以信任。

不過，說起胸圍嗎？

當然不可能開口詢問，不過單純目測的話，風鈴的胸圍確實也極其驚人。

雖然不到沁芷柔那種程度，但依舊能輕鬆將洋裝的上衣部分撐得鼓脹飽滿，具有無法被忽視的存在感。

……好大。

大概是察覺到我的視線有些飄忽，風鈴紅著臉瞄了我一眼，又飛快轉開視線。

「那、那個……果然前輩很想知道嗎？如、如果是這樣的話……」

「沒有！我……」

我正想開口解釋，可是從樓梯上方的位置卻忽然有人插口說話。

「——學長他很想知道哦？那種表情就是超級想知道的表情哦？」

雛雪位於樓梯口上方，蹲著從暗處探出半張臉來，悄悄朝樓下窺視。

妳還沒走啊！原來一直躲在暗處看熱鬧嗎！

「妳不要隨便亂說！這樣真的會被風鈴誤會啦！」

「喵哈哈哈哈哈哈——」

發出惡作劇得逞的笑聲，雛雪像貓一樣弓起手掌，隔空朝我抓了抓，最後起身跑走消失不見。

這次是真的走了吧!?

我親自跑到樓梯口探查，發現雛雪確實離開後，終於鬆了一口氣。

我苦惱地抓抓後腦，轉身再次面對風鈴。

「剛剛不好意思……雛雪那傢伙也真是的。」

「啊、那個……沒關係喔，風、風鈴不會介意的……」

雖然她臉紅的樣子完全不像不介意，但我也只能無奈點頭。

只是，風鈴所說的「不會介意」似乎有很多種解釋方法。究竟是不介意我那樣發問呢，還是不介意雛雪捉弄她呢……這種不能轉為話語的好奇心，使我陷入沉默。

依據過去在獨行俠時期所累積出的人生經驗，這時候最好轉移話題，不然氣氛只會變得更加微妙。

「對了，妳今天有什麼想做的事嗎？」

之所以這麼問，是因為今天是陪伴風鈴的日子。

「那個……前輩……今天有空嗎？」

「有空。」

她猶豫片刻後，繼續發問。

「最近前輩的寫作狀況順利嗎？」

「滿順利的，畢竟我們經歷過那樣的一年，寫一本書來投稿，並不算什麼。」

雖然我時常陪伴別人出門，但剩餘的時間都挪用來寫作了。長年的寫作經驗，使我的文思十分敏捷。

只是，比起自己的事，風鈴總是優先考慮我的事情，真是溫柔的女孩。

當然沁芷柔、輝夜姬等人也十分懂得體貼他人，但她們對我的實力太過信任，因此根本沒往「我會感到困難」那方面聯想。

風鈴在確信我真的有空後，露出安心的表情。

「這樣的話……前輩可以陪風鈴做蛋糕嗎？」

「做蛋糕？」

「是的，最近其他人因為趕稿，過得相當辛苦。風鈴想藉著蛋糕，給大家加油打氣，希望她們能夠提起精神。」

「這樣啊，當然可以。」

在閒聊中，我得知風鈴已經趕完稿了。而沁芷柔、輝夜姬等人距離截稿的死線日期到來，似乎已經迫在眉梢。

看來進行長篇連載也不容易呢。現在我只是寫單本輕小說投稿，這些現役作家受到的壓力，肯定比起我更加繁重吧。

這時風鈴拿出手機，給我看螢幕上的幾張圖片。

「前輩，您看，這是風鈴覺得比較適合做的幾款蛋糕，您比較喜歡哪一種呢？」

列出的圖片裡，大致上是巧克力蛋糕、水果蛋糕，還有冰淇淋蛋糕這三種分類。

我其實哪一種都無所謂，但風鈴都已經特地準備好圖片讓我挑選，如果我隨意回答的話，未免顯得失禮。

……話說回來，我記得幻櫻喜歡蘋果。她如果現在也在趕稿的話，肯定看到風鈴烤的水果蛋糕也會開心吧。

「那就水果蛋糕吧。」

「嗯、嗯嗯！那就依前輩的話，我們做水果蛋糕！」

聽見我的答覆後，風鈴露出溫柔的笑容。

我們往廚房移動。

打開冰箱查看，原來風鈴早已經準備好製作蛋糕的材料。

水果蛋糕的材料是：雞蛋、低筋麵粉、細砂糖、蜂蜜、牛奶、無鹽奶油、蘋果、草莓、奇異果、芒果這幾類。

擺在桌上排開，滿滿一桌的原料看得我有些頭大，究竟要從何著手呢？

大概也瞭解我對於廚藝的生疏，風鈴體貼地給予我提示。

「啊、那個，前輩可以用食物秤，先幫風鈴秤量好麵粉的額度嗎？需要九十公克。」

「九十公克嗎？我明白了。」

先將低筋麵粉秤量好後，還必須用篩網再過濾一遍，避免麵粉結塊。

接著把加熱融化的無鹽奶油塗至烤盒內側，底部也鋪上烘烤紙。

在將雞蛋與細砂糖仔細混合攪拌，並且隔水以五十度的溫度打發蛋液，使其達到起泡並蓬鬆的程度。

光是打發蛋液這裡我就失敗了好幾次，不是打發蛋液的速度太慢導致結塊，就是無法達到起泡蓬鬆的目標。

「嗚哇！這也太難了吧!!」

看著騰出手來幫助我的風鈴，一次就完成了打發蛋液的流程。兩人的廚藝根本不是一個等級的，我幫上的忙可以說是微乎其微。

看著風鈴俐落的動作，我不禁由衷地開口讚賞。

「以後成為妳的丈夫的人肯定很幸福，能常常吃到妳做的料理。」

「咦？是、是這樣嗎……那個……謝謝前輩……」

風鈴紅著臉低下頭，露出害羞的表情。

因為我的料理技術太過差勁，所以相當自覺地盡量找新手也能分擔的工作。

將水果切成適合裝飾在蛋糕上的大小與形狀，似乎比較適合我。

但風鈴隨即發現我切水果時，用刀的手勢不對。

「前輩，在切東西的時候，用來輔助的左手，如果手指不內縮微握成拳狀是很危險的哦。」

「原、原來如此。」

廚藝新手被刀切傷是很常見的事，因為擔心這點，風鈴從側邊靠了過來，握住我的手，引導我切水果的動作。

「您看，只要這樣、這樣，再這樣就可以了。」

「喔喔!!我學會了！」

就算是我也做得到嘛！如果是在玩遊戲的話，這時大概就會響起技能升級的音效吧。

由於握著我的手，風鈴的身體貼得離我很近，那種女孩子特有的香氣與柔軟，讓人很難不去在意。

風鈴在這時候輕聲發言。

「話說回來……前輩喜歡會做料理的女孩子嗎？」

「……嗯，喜歡。」

應該沒有人會討厭擅長料理的女孩子，光是烤蛋糕這種繁瑣的料理技術，就會勸退許多想要入門的廚藝新手吧。

每一個仔細的步驟所花費的時間，都會化為美味衝擊品嘗者的味覺，使長期的辛苦得到報酬。

即使料理稍有失敗，那份為了他人所準備的心意，也是獨一無二的珍貴存在。

所以我喜歡會做料理的人。她們的努力與用心，無論何時都值得肯定。

「嗯……前輩喜歡就好。」

聞言，風鈴低下頭，紅著臉露出微笑。

「那、那麼如果是風鈴的話——」

似乎是因為太過興奮而壓抑不住心中的想法，風鈴原本想要脫口說出些什麼。

然而，像是在話語中途又取回了理智，她含帶期盼的話語，說到一半就戛然而止。

之前的話語中斷，使氣氛變得微妙，兩人之間陷入沉默。

那之後，有很長一段時間，雙方都在各自思索心事。

然後，彷彿早已約定好似的，雙方同時開口說話。

「前——」

「我——」

因為察覺對方想要開口，雙方又同時住口。

因為這奇妙的默契，我與風鈴都是一怔，然後又一起笑了起來。

那之後，我們談論的都是關於蛋糕的話題。

直到蛋糕成功出爐為止，風鈴始終面帶微笑。

當天的水果蛋糕獲得大成功，所有人吃過之後都讚不絕口。

只是，在客廳吃蛋糕閒聊時，我卻從桓紫音老師的口中聽聞一個令人吃驚的消息。

「話說回來，零點一，汝準備投稿的輕小說寫得怎麼樣？」

「啊，很順利，照著進度在撰寫中。」

現在離投稿輕小說大賞的期限還有一個月的時間，只要按部就班地完成進度，勢必可以順利完稿。

「這樣啊……汝要注意時間了，畢竟距離投稿期限只剩下三天了。」

「……咦？不是還有一個月嗎？」

「不，只剩下三天吧？喂喂，汝這傢伙該不會搞錯日期了吧？」

我趕緊打開手機查看日期。

然後發現老師所說的是正確的，距離截稿日的到來，只剩下三天。

令人猝不及防。

可謂晴天霹靂。

「什麼～～～～～～!?」

因震驚而產生的喊叫聲，瞬間傳遍整棟怪人屋。

爭分奪秒的截稿前衝刺，就像戰爭一樣慘烈。

為了爭取到更多寫作的時間，連飲食都必須仔細控制。如果吃下會急速升高血糖的精緻食物，會容易昏昏欲睡，因此白飯麵條之類常見的主食都必須避免。

再來得把睡眠拆為多段式，利用剛起床頭腦最清醒的時刻來收穫優秀的文字，藉此完成一本書的目標量。

大概是一小時、一小時、一小時半這種睡眠方式，剩下的時間都必須坐在桌子前面埋首寫作。但三段式就是極限，因為當內心壓力到達限度時，並不是想睡就能睡著的。

再來就是運動，輕量的運動會分泌讓心情變得快樂的激素，因此每天都必須額外抽出半小時左右去慢跑。但運動量不能過頭，否則會適得其反。

如果實在感到撐不下去了，就閉著眼睛打坐冥想十分鐘，藉此淨空思緒重新出發。

上述就是一個快要踩到拖稿死線的寫作者，所必須付出的努力。

「只有三天啊……我只有三天時間，就必須完成之前預計要花一個月來寫的文字量……!!」

此時，不管再怎麼抱怨也毫無意義。

眼中所注視的目標，內心所燃起的情感，只剩下拚命趕往終點線的鬥志。

怪人屋裡的其他夥伴，在得知這件事情後，紛紛對我投以同情的目光。

首先是桓紫音老師。

「零點一……汝也真是粗心大意……算了，總之加油吧，吾還是很看好汝的。」

再來是沁芷柔。

「加油喔！如果需要有人給建議的話，儘管跟我說。」

以及輝夜姬。

「……即使妾身並不是武士，也同樣具備幫助夥伴的大義之心，因此妾身會一直守候著您。」

還有雛雪。

「學長學長——!!如果你也陷入了定時的發情週期中，不用客氣哦，真的不用客氣哦？大膽地告訴雛雪吧！」

所以說正常人才不會陷入發情週期！妳是哪座山上的野生動物嗎！

在少女們的鼓勵下，我與時間賽跑的最後三天終於結束。

因為我還是習慣將作品寫在紙上，所以完稿後又花費一些將文字掃描到電腦中，最後排版、歸檔，並且投遞給輕小說大賞的網路郵箱。

在某天凌晨，幾乎是確定信件送出的那一刻，我就往後躺倒在床上立刻睡著了。

在昏昏沉沉的睡眠中，不知道時間過去了多久，當我醒來時，已經是天色全黑的深夜了。

我睡著的時候是凌晨……所以說，至少過去了十幾個小時。

「好渴……」

清醒後感到口渴，所以我打算去樓下廚房倒杯水喝。

推開房門後，我馬上發現到有點不對勁。

……好暗。

雖然沒有明文規定，但是平常走廊的燈是從來不關的，算是怪人屋裡的居住共識。

可是，此時不單走廊的燈光沒有打開，就連樓梯口的方向都沒有傳來半點光亮，也就是說公共區域的燈光，此時都是熄滅的。

我打開走廊的燈，慢慢往樓下走去。

在我抵達一樓，正要打開客廳的燈光時，忽然客廳的燈光自己亮了起來。

「恭喜趕稿完畢～～～！！！」

混合了眾多少女嗓音的恭賀聲，於客廳內響起。

接著，隨著「砰、砰」幾聲手拉禮炮的輕響，無數色彩繽紛的紙帶在空中飄舞飛揚，在瞬間占滿了視野。

像是在列隊歡迎我那樣，幻櫻、風鈴、雛雪、輝夜姬、沁芷柔，以及桓紫音老師六人分成兩邊而站，將我圍拱在中間。

特別引起我注意的是，她們在居家服之外，還套著圍裙。

六人臉上都布滿笑容。

「哼……身為吾麾下的闇黑眷屬，汝有趕上截稿日期的實力，這也是理所當然的事。」

桓紫音老師抱著雙臂如此述說，但沁芷柔聽了她的話，馬上插口吐槽。

「什麼啊？老師妳之前明明很擔心的，一直跑到柳天雲的門口透過門縫偷窺確認寫作進度，人家都看到了哦？」

「不、不要說出來啦!!可惡的闇黑乳牛!!」

被說出實情，老師馬上燒紅了臉，用力偏過頭去。

輝夜姬雖然表情比較冷靜，但也說出自己的感言。

「……不愧是柳天雲大人，這樣一來就避免切腹謝罪的風險了呢。」

「就算沒趕上也不用切腹！不用哦，雛雪很確信絕對不用哦!!」

聽見雛雪的答覆後，輝夜姬困惑地皺起眉頭，並且用和服的袖子半擋住臉蛋。

「是嗎？但是在妾身那個年代……」

「欸？小輝夜，妳又要幻想自己是平安時代出生的人嗎！妳的幻想雛雪已經聽膩了哦，真的聽膩了哦！」

「——妾身才不想被整天自稱魅魔的雛雪大人這樣嫌棄，一點也不想，完完全全不想!!」

雛雪的感言，迎來輝夜姬提高音量的氣憤喊聲。

一個自稱輝夜姬的少女、跟一個自稱魅魔的少女在認真爭辯彼此的身分，客廳裡的其他人見狀，忍不住都笑了起來。

在愉快的氣氛中，風鈴看看左右的夥伴們，微笑著提出建議。

「那個……既然前輩已經到了，是不是應該拿出『那個』了呢？」

那個是指什麼？聽見風鈴神祕的形容方式，我不禁一怔。

「哼哼……柳天雲，準備嚇一大跳吧!!」

看見我疑惑的表情，幻櫻露出似笑非笑的表情，在說話的同時，偕同輝夜姬走進廚房。

片刻後，幻櫻與輝夜姬一起捧著特大尺寸的草莓蛋糕，從廚房小心翼翼地走出，將其放在客廳的桌上。

「恭喜你，柳天雲。這是我們六人一起做的蛋糕，裡面包含了滿滿的心意，如果敢說不好吃的話就捏你的耳朵哦！」

草莓蛋糕的尺寸不但大，而且上面還用巧克力寫著「恭賀完稿」這樣的字。透過側面能夠看到夾層裡也包含許多水果餡料，上次親手做過蛋糕的我，知道要完成這種的蛋糕不但耗時，而且需要花費的心血十分驚人。

這時候，我終於理解為什麼眾人都穿著圍裙。

在蛋糕登場後，其他人也紛紛送上祝賀語。

「恭喜前輩！前輩能順利完成真是太好了！」

「喵哈哈哈，不愧是學長呢!!」

「咳，身為吾麾下之血族，能做到這點也是應當的事。不過，吾就勉強強稱讚汝一下吧。」

「……彷彿歷經戰爭後的武士凱旋而歸那樣，柳天雲大人此刻的勇武榮光，將長存於妾身的心中。」

「柳天雲，人家就知道是你的話一定可以的。」

眾少女的慶賀傳入耳中後，內心漸漸升起的情感，是難以言表的溫暖之意。

在那溫暖的情感中，我的視線漸漸遭到淚水模糊。

先是熄滅燈光，然後許多人給予我驚喜，最後是特大號蛋糕做為慶祝的禮物……嗎？

我環顧眾人後，由衷地對用心的她們致以謝意。

「謝謝大家，真的非常感謝妳們。」

眾人聽見我致謝，也紛紛報以笑容。

在這時雛雪整個人貼上來，她抱住我的手臂，一陣柔軟的觸感傳來，我的手臂被夾進高聳的雙峰之間。

接著，雛雪對我眨了眨左眼。

「那麼辛苦完成了目標，如果學長需要的話，雛雪也可以給學長特別的獎勵哦？」

「不要在那邊胡說八道!!快點從柳天雲身上離開!!」

沁芷柔露出不滿的表情，過來拉開了雛雪。

「欸？雛雪沒有胡說八道哦？絕對沒有哦？

「剛剛學長被雛雪抱住手臂時，明明很高興的感覺。果然學長的身體還是誠實的呢。」

沁芷柔哼了一聲。

「……亂講，碰到妳那貧瘠的胸部，柳天雲怎麼可能會高興！」

雛雪聽見沁芷柔的批評，像是受不了刺激那樣，頓時大聲叫喊起來。

「啊～～～～!!又來了，明明雛雪已經很豐滿了，至少跟高中時候的妳一樣大了，卻還是被妳這樣小看!!雛雪可是魅魔哦？在身材上被人小瞧的話，就算是雛雪也會難過的哦，超級難過的喔！」

雖然面臨雛雪劈里啪啦的一大串言語埋怨，沁芷柔卻面不改色。

然後遞出致命一擊。

「可是，還是比現在的本小姐要小吧？而且小很多。」

「嗚⋯⋯⋯⋯～～～～！！！」

雛雪頓時語塞，居然說不出話來了。

氣得滿臉漲紅，雛雪轉而面向我，發出「嗚哇啊～～～～」的大叫。

「學、學長，這個胸部怪物欺負雛雪，她真的欺負雛雪了哦？雛雪很可憐吧？超級可憐的喔!!」

「誰是胸部怪物啊，本小姐可是——」

眼看兩人的爭論即將持續。

但是，就在這時，來自她們兩人身側，有一個披著斗篷的身影正低著頭逐漸散發出黑氣。

最後，這個人終於徹底爆發。

「——吵死了！再提及那種沒半點用處的脂肪，吾就讓汝等嘗嘗來自闇黑血池的怨恨痛擊!!」

心痛地按著自己的胸口，桓紫音老師惱羞成怒的嗓音，終結了這場短暫的鬧劇。

晚間的派對開始了。

雖然大家只是圍繞著桌子坐下，將大量諸如披薩、炸雞、沙拉、蘋果派、章魚燒之類的外賣放在桌上一起享用，可是由於聊天時十分熱絡，氣氛依舊顯得熱鬧非凡。

大概是因為大家前陣子都在趕稿，所以也憋得相當氣悶。現在一旦解放，也感到備加興奮。

「話說回來，汝等也到了可以喝酒的年齡了吧。汝等的酒量怎麼樣，有喝過了嗎？」

「咦？那個……不好意思，風鈴不太擅長喝酒。」

「這樣啊……這也沒辦法，不勉強汝。不過關於酒這東西，淺嘗即止是好事，某種方面來說，也是大人社會中用來打好關係的便利道具吶。」

「原、原來如此……」

擁有更多社會經驗的桓紫音老師嘆了口氣，風鈴露出似懂非懂的表情，點了點頭。

此時另一個人忽然舉起手。

「雛雪想喝，超級想喝的哦!!要喝嗎？今天要喝嗎？」

「汝的話例外，不能喝。」

「欸——!?小氣，小氣死了！為什麼不給雛雪喝？明明剛才才對風鈴說可以喝的！」

「汝如果喝醉的話，肯定會搗亂，這還用問嗎！」

「……雛雪喝醉後才不會搗亂，最多對學長做一些色色的事而已。老師誤會雛雪了，絕對誤會了哦！」

沁芷柔瞪了雛雪一眼。

「那就是搗亂啦！」

聞言，雛雪又「欸——!?」了一聲，發出不甘心的抱怨長音。

大概是記恨之前被嘲笑貧瘠的事，然後她很快反擊沁芷柔。

「如果做色色的事情就是搗亂的話，妳擁有那種色情的身體難道就不算數嗎？不公平哦，雛雪覺得很不公平哦!!明明妳才是超級色情亂源！」

「胡、胡說八道!!誰是超級色情亂源啊！」

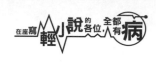

沁芷柔紅著臉大吼。

在旁邊吃東西旁觀的我，見狀只能露出苦笑。

……越是爭執感情越好，或許這就是她們之間加深交情的方式吧。

坐在桌子另一邊的輝夜姬，在這時開口發話。

「對了，柳天雲大人，您雖然完成了投稿的作品，但用於撰寫文章的時間畢竟倉促，究竟寫得順不順利呢？」

「這個嘛……還算順利吧。」

「原來如此，妾身一直是深信柳天雲大人的。只要您正常發揮實力，恐怕業界能有資格成為您的對手的作家並不多。」

「過獎了。」

輝夜姬對於我的信心，感覺還要大於我對自己的信心呢。

幻櫻也一邊吃著蘋果派一邊發話。

「呼姆，柳天雲肯定沒問題的啦，畢竟他可是我的徒弟呢，在大賞裡肯定可以取得優勝的。」

幻櫻似乎也對我很有信心。

她們的信任，讓我感到內心有一股暖流注入。

幻櫻朝向我，笑著瞇起眼睛。

「話說回來，柳天雲，你趕完稿之後，就沒事做了對吧？」

「啊……嗯嗯。」

我點頭。確實之後就變得相當有空，只要等大賞的結果出爐就好。

幻櫻將手肘撐在桌上，以手掌托住腮幫子，臉上的笑意更深了。

「話又說回來，你是不是忘記了什麼呢？例如原本應該要做的事情之類的。」

聽見幻櫻的發問，我不禁一怔。

咦？原本應該要做的事情？

我原本想直覺地回答「沒有」，可是幻櫻一再用「話說回來」、「話又說回來」這種微妙的發言方式，讓我隱約覺得有哪裡不妙。

那種不妙的感覺越演越烈，甚至讓內心深處久未發動的獨行俠危險警報器再次發動，開始苦苦思索。

最後，如同遭到電擊竄過身體般，有一閃而逝的靈感忽然在腦海浮現。

——我之前趕稿的那幾天，原本是要陪伴幻櫻的日子！

過去那段孤獨的人生總算沒有白費，我成功迴避了隱藏在笑容下的危機。

於是，我抹去額頭的冷汗後，也露出笑臉回答幻櫻。

「沒有！我怎麼可能會忘記呢。我明天有空，後天也很有空……那麼，我們該去哪裡好呢？」

至此，幻櫻露出似笑非笑的招牌表情。她將手臂伸過來，輕輕點了點我的鼻頭。

「明天再告訴你，敬請期待哦。」

第七章　未來與分歧之鑽

隔日。

幻櫻與我約定好早上八點鐘在客廳集合。

可是，當我準時抵達客廳時，卻發現客廳裡風鈴、雛雪、沁芷柔、輝夜姬、桓紫音老師也在，只差幻櫻，怪人屋全員就到齊了。

我與風鈴稍做交談，風鈴露出意外的表情。

「咦？前輩也是被櫻找來的嗎？」

「雛雪也是!!」

「啊、吾也是……那傢伙居然來這手嗎……」

「本小姐也是。」

「……妾身亦同。」

大家紛紛說出自己被幻櫻單獨找上，約定好早晨八點在客廳集合的事情。

不過，幻櫻為什麼要這樣做呢？

正當我們疑惑時，幻櫻現身了。

從樓梯上慢慢走下的幻櫻，露出似笑非笑的表情。

「哼哼……今天呢，人家要給你們一個驚喜哦。」

她將手負在背後，似乎手上藏有什麼東西。

像是吊人胃口的魔術師那樣，幻櫻環顧在客廳內的眾人，確信眾人的目光都聚焦於她後，才終於公布答案。

「鏘鏘——看吧!!」

幻櫻將藏著的東西公示於眾，某樣物體被捧在她的手心中。

乍看之下，那物體像是拳頭大小的鑽石，但仔細觀察的話，會發現其中有無數模糊的畫面正在閃動。只是因為閃動速度太快，看不清那些畫面代表的涵義。

而且，那鑽石其實是飄浮在半空中的，晶亮的鑽面也不斷映出朦朧的白光。

桓紫音老師首先反應過來，她抗議似地哼了一聲。

「喂喂，這不是藏在閣樓裡的晶星人道具嗎？汝怎麼擅自拿取？」

「人家沒有擅自拿，只是借。」

「胡說！吾什麼時候說要借汝使用了!?」

「昨天哦。昨天在老師喝酒的時候，人家親口問妳的。」

話說回來，昨天在晚間派對的時候，老師確實有聊起酒的話題。

後來幻櫻跑去廚房拿出了紅酒，替老師倒酒，確實也有這件事。而且後來老師也喝醉了。

「唔——!!」

桓紫音老師皺起眉頭，似乎在極力思索昨天自己喝醉過後，到底說過些什麼話。

就在這時，幻櫻以言語繼續追擊。

幻櫻的眼神往高處飄去，用很惋惜的口氣發話。

「啊、啊啊——真是太可惜了呢，明明老師這種尊貴的吸血鬼皇女，是我一直以來最崇拜的對象。像老師這麼偉大、英明的存在，在親口答應了學生之後，居然也會食言呢。」

幻櫻在說話時，將「尊貴」、「偉大」、「英明」這幾個詞彙加重語調，因為平常根本沒有人願意配合老師的吸血鬼設定，她原本聽得極為順耳，讚許地連連點頭——但聽到「居然也會食言呢」這句話時，頓時勃然大怒。

「食、食言!?汝說身為偉大吸血皇女的吾會食言？」

「啊、老師您沒有要食言的意思嗎？也就是說願意把這個晶星人道具借給人家使用嗎？」

「那、那當然!!」

為了維護吸血鬼皇女的身分，桓紫音老師最終選擇了妥協。

得到確定的答案後，幻櫻豎起左手食中兩指，笑得露出了牙齒。

「太好了！謝謝老師！」

……喂喂，居然這麼簡單就說服了難纏程度有大魔王等級的老師嗎？

某種方面來說，幻櫻還挺可怕的。不愧是昔日的最強詐欺師啊。

「……呼嗯，咳嗯。」

幻櫻輕咳一聲再次引起大家的注意力，接著將話語導入正題。

「——這個晶星人道具名稱，全名是『未來與分歧之鑽』。與過去我們在六校之戰曾使用過的骰子房間一樣，可以在其中形成巨大且獨立的空間，讓我們全員進入其中。」

幻櫻一邊說，一邊用手掌引導著鑽石慢慢飛高。

大約飛到接近兩公尺的高度時，隨著一陣白色的煙霧冒出，鑽石緩緩膨脹成為比人還要高大的正方體。

成為正方體的鑽石，此時正在緩緩旋轉。此時正方體的六個面上，各自有一道正在發出璀璨光芒的門，門內有無數正在隱約晃動演變的畫面。

幻櫻望著那些畫面沉默了片刻，才繼續說下去。

「……這個道具，如同它的名字『未來與分歧之鑽』，能夠顯示出與自己羈絆最深的對象，在那通往未來的無數分歧之路裡，所有可能達成的道路與選項。」

「在六校之戰中，透過死亡再次回歸的經歷，我明白了所謂的未來，在受到影響時的規律——也就是說，依據過去的經驗能夠推測出……未來可以被影響，結果並非恆定不變。」

大家聽到這，都是一頭霧水，幻櫻微微一笑後，接續發言。

「就像幾年前，柳天雲重新開始了六校之戰……由於我回到過去造成的影響，他重拾筆墨開始寫作，造成了一系列的連鎖反應，最終才打敗了所有敵人，擁有向文之宇宙許下願望的資格。

「可是，哪怕我當時對柳天雲造成了影響，柳天雲也不一定能夠抵達『向文之宇宙許下願望』這個終點。如果在中途，柳天雲再次頹喪失去鬥志，或者他被來襲的小秀策等人擊敗，依然無法抵達我們所熟知的最後局面——

「——在曾經向文之宇宙許願時，柳天雲一度透過交換取得了大量願力，他當時其實有許多種選擇。第一種是只復活C高中的學生；第二種是只復活怪人社的成員；第三種是復活所有六校之戰中的參賽者。

「這裡有了三種可能性，亦即三種分歧，柳天雲當時選擇了第三種——但這不代表前兩種選擇是不可行的。

「在當時，若是柳天雲選擇了前兩種可能性，時間線依舊會持續進行下去，只是所造成的結果與局面，也會與現在不盡相同。

「而『未來與分歧之鑽』這個道具，則會在所有使用者進入後，將現在做為『通往岔路的起點』，進而將『所有可能的未來道路』顯現於眾人面前。」

將所有未來可能的道路，顯示於眾人的眼前。

這等於提前得知接下來的人生，可能會產生什麼樣的變化。或許那種未來並不一定會實現，但如果親眼看到不盡如人意的未來發生，或許也會對心態產生微妙的影響。

幻櫻在這時看向風鈴。

又看向雛雪。

看向沁芷柔。

看向輝夜姬。

最後看向桓紫音老師。

「我知道，妳們一直以來都在煩惱些什麼，為此而猶豫，為此而日夜苦惱……甚至因此影響了寫作或繪圖的進度，沒錯吧？既然那麼煩惱，不如由自己的雙眼親自去見證吧。去看看自己與夢想之人的羈絆，究竟能夠達成什麼樣的未來……妳們曾不惜為了他付出一切，這是妳們應得的權力。」

她這句話，明顯是同時對五名少女而發。

她指出了她們五人正在煩惱。

……而且在煩惱同一件事。

聞言，風鈴、雛雪、沁芷柔、輝夜姬、桓紫音老師等人，此時都露出了複雜的表情，然後她們不約而同地向我看來。

接著，五名少女又朝飄浮發光中的鑽石看去。

最後，其中有人逐漸露出微笑。

輝夜姬首先微笑著踏前一步。

「是呢，妾身是該親眼見證。為妾身而升起的月亮，究竟是不是存在那樣的未來之中。」

輝夜姬的微笑不減，最後又回頭望了我一眼之後，身影消失在鑽體大門的光芒中。

沁芷柔也自信地踏前腳步，沐浴於耀眼的光芒之下。

「……話說在前頭，本小姐呢，可是對自己很有自信的哦。」

風鈴則咬著下唇，露出毅然的表情。

「那個……風鈴不會放棄。如果前方是即將遠揚的雲朵，伴其身旁的風肯定也不會願意缺席。」

再來是雛雪。

「喵哈哈哈，是修羅場呢，果然是修羅場呢，學長果然是罪惡的男人。不過，碰見這種情況的話，雛雪可不會退縮喲。」

以及桓紫音老師。

「真、真拿汝沒辦法，咳……領導麾下的眷屬走到時間停滯的盡頭，也是身為吸血鬼皇族的宿命吧。」

少女們逐一踏入大門發出的光芒之中，身影消失不見。

最後，在客廳裡只剩下我與幻櫻時，幻櫻對我露出微笑。

「……你啊，還真是惹了一身風流債呢。」

她先伸了個懶腰，然後才向散發光芒的大門走去。

「不過，誰教我偏偏喜歡上了這樣的你呢？」

語畢，幻櫻前進的身影，被徹底淹沒在明亮的光芒中。

六名少女分別踏入六扇門後，像是滿足了某種條件那樣，原本不斷旋轉的鑽石，忽然間光芒更盛，那六扇門不斷顫動、扭曲，瓦解，最後化為類似繩子般的六條光線，向我纏繞而來。

被那六條光線觸碰到身軀後，有無數原本不屬於我的情感，化為話聲，從內心深處深刻浮現。

「妾身的身體已經康復了，不會再成為柳天雲大人的拖油瓶，這樣的妾身……是不是已經有資格……陪伴在柳天雲大人身邊了呢？」

「如果沒有學長的話，雛雪肯定始終沒辦法面對真正的自我，始終會是高中時那種冷冰冰的模樣吧。喜歡學長，雛雪喜歡學長——」

「前輩帶著風鈴走出了那孤寂清冷的房間，讓風鈴能勇於面對人群，說出自我真正的想法。風鈴已經不能沒有前輩了，想要一直待在前輩身邊。」

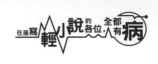

「我好後悔，好後悔以前一直在他面前自稱『本小姐』，還露出那種高傲的模樣。如果不那麼驕傲的話，最早與他結識的人家，是不是早就能與他產生結果了呢……？」

「零點一……不，柳天雲。柳天雲他明明是吾的學生，可是、可是——吾卻——」

「柳天雲，就算你不選我也沒關係，我只是想看看你過得好，過得幸福，過上……前一次死亡時，沒有來得及體會的人生。」

心聲。

無數本來只存在原主人內心最深處的心聲，在我心底逐一響盪。

在傾聽那些聲音的同時，我也想通了某些事。

「原來如此……『未來與分歧』是這個意思……」

我輕聲自語。

「我……柳天雲……就是此刻影響她們人生最大的癥結點，我做出的選擇，至少會將未來劃分為多條分歧，代表了六種不同方向的結局……

「所以，代表了眾多『分歧』源頭的少女們，才會在踏入門後，將心聲化為想念的線，向我纏繞而來……這些線不僅是她們心聲，同時也代表她們的潛意識，渴望從我身上得到的……理想未來……」

思及此，我不禁慢慢沉默下來。

誠然。

其實我一直在逃避回答這個問題，甚至就連自己，也在內心深處因為那伴隨時日不斷累積的恐懼，不斷迴避、不斷無視本心早已得出的答案。

因為我很害怕。

很害怕，好不容易在怪人屋齊聚後，重新變得幸福的大家，在我與某人開始交往後，會變得不復舊時模樣。亦恐懼眾人會漸行漸遠，現在的幸福不過是建築於脆弱之上的假象。

所以，我一直不願意面對真相。

即使我早已能夠做出抉擇，仍舊在不斷拖延時間——想用這種徒勞的方式，試圖找出那不存在的未來道路，通往誰也不會受傷的完美世界。

然而，現實並不是童話故事。不帶有任何缺失的完美，只存在於虛假的幻想之中。妄圖追求不存在的事物，只會如神話故事中的追日巨人那樣，沐浴於彷彿伸手可及的耀眼光芒中，最後筋疲力竭地絕望倒下。

幻櫻很瞭解我，所以她看穿這一點。

她也看穿了怪人屋中的其餘夥伴，理解她們渴望得到回應的心思。

所以，才有了今天這一幕的出現……才有了「未來與分歧之鑽」，將眾人之間的內心橋梁搭建起來的可能性誕生。

「原來如此……未來與分歧……嗎？」

在喃喃自語的同時，我忽然又有了新的感悟。

「這不只是她們的歧路，同時也是她的歧路……

「她明明可以不做出這樣的選擇，明明可以不讓大家選擇，但她還是如此選擇……」

既然如此。

「既然如此，我又怎麼能在這裡退縮，又怎麼能……在這裡停下！」

在下定決心的瞬間，那象徵眾人心思的六條光線，忽然互相交織纏繞，形成門扉的模樣，停留於我的面前。

在那門扉內，有不斷旋轉著的漩渦。那漩渦是我從未見識的溫暖色彩，給人一種彷彿足以沁透人心的溫煦感受。

大概，那就是眾少女的情感，所交織出的顏色吧。象徵著她們一路走來至今的想法，代表著夥伴一路走來之間的點滴過往。

所以才會如此溫暖，如此溫煦，如此……動人心弦。

待在門扉前沉默片刻，我大踏步往前，身影消失於光芒中。

第八章

成婚之日

那門扉如同漩渦般將我吸入其中，一陣天旋地轉後，視線終於慢慢恢復清晰。

定睛一看，這是一個有著無垠藍天、白雲不斷延伸而出的空曠世界，那碧空如洗的藍天，給人心曠神怡的舒適感受。地面彷彿鏡面一樣，反映出了天空的景象，遠處的天地彷彿連接成了一條線，是令人嘆為觀止的奇景。

「這裡是……!!」

這裡很像我與桓紫音老師曾經去過的，外國名為烏尤尼的小鎮、附近的景點「天空之鏡」。

場景之美，可謂如夢似幻。

可，這裡明顯不是現實世界。

因為，當我嘗試邁出腳步時，以我所踏的地方為中心點，鏡面般的大地上產生了輕輕往外擴散的漣漪。

而且，在視線的盡頭，那幾乎位於地平線末端的位置，正飄浮著一座散發溫暖光暈的空島。

「那空島上，似乎有建築物……」

如果仔細看去，會發覺那空島上的建築物……是教堂。

……眾少女內心的渴望，最終幻化出形似教堂的建築物，這代表了什麼，即使是遲鈍的我也能理解。

沉默片刻後，我往教堂的方向緩步前行。

彷彿代表我與眾少女內心的想法有所牽連那樣，隨著我每一步走出，世界的鏡面上也在不斷產生漣漪。當我走出一小段路時，忽然有無數如同泡泡般的半透明圓球，從地面上鑽出，慢慢飄飛至半空中。

那無數泡泡裡，正如影帶重映般，不斷投射出某個人……過往的記憶。

在其中一個泡泡中……我看見了在C高中初次與沁芷柔重逢時的場景，那時她穿著和服，對影像中的我，露出帶著黑氣的笑容。

「這是當初，我拿著幻櫻給予的攻略，打算攻略她的那時候……」

我也看見了另一個泡泡中……風鈴獨自關在陰暗的房間裡，將自己與眾人徹底隔閡，而我正在房外試圖與其溝通。

「這是當初，我與風鈴初見的時候……那時真的產生了很多誤會。以一個前輩的

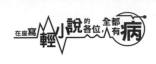

立場，現在看來還真的有點不好意思……」

也看見了……往昔雛雪第一次來到怪人社，坐在教室的角落一言不發的時候。

「……是啊，那時候的雛雪還沒有那麼聒譟，她走不出自我設下的囚籠，無法坦白面對自己。」

看見了……桓紫音老師第一次與我會面時的場景，那時她統一了校園內的階層，成為C高中實質上的領導者。

「那時老師十分不信任我，繃著臉稱呼我為『零點一』……大概，老師本來就不是容易敞開心扉的那種人吧，直到後來……」

看見了……輝夜姬第一次來到C高中造訪時，因為身體虛弱被我背負的景象。

「那時的輝夜姬，還是一位將自己束之高閣的公主……以殘弱之軀對抗眾多強敵，背負子民性命的她，受到的尊崇實在太過沉重……因此，她內心深處也倍加渴望，那以平等關係構築的友誼……」

最後，在某個停留在我伸出的手掌上的泡泡裡，我看見了幻櫻。

當時以壽命做為代價，幻櫻逆轉了時空，隱藏身分來到C高中，披著黑袍，在大雨中，趴在我身上落下眼淚，希望我能夠鼓起勇氣正視現實。

「幻櫻從始至終，都在為我著想……我虧欠她實在太多，多到我已經無法還清。」

是啊，我欠她很多，很多……

就像我拚上性命拯救其他人那樣，幻櫻亦一再付出沉重的代價……她不惜穿越時空，不惜輕看生死，將自身的一切做為代價付出，來到我的身邊，只為了使快要沉淪的我重新清醒。

無數泡泡帶來的無數畫面，使許多原本藏在內心深處的回憶被勾引翻動而出，形成難以言喻的複雜感受。

再遙遠的道路，終究有其盡頭。

在那無數回憶的泡泡包圍之中，我緩步走到了這個世界的中心，亦即那飄浮在半空中的空島之下。

走近仰望，會發現那空島大約飄在五層樓左右的高度。就在我抬頭看去的時候，空島上有虛幻的光之梯逐漸產生，由邊緣處逐漸延伸到我的面前。

我踏上光之梯。

拾級走上光之梯，視線也逐漸拔高。

這時候能觀察出教堂建立在空島的正中心，教堂前方還有一個占地極大的白石廣場。

彷彿列隊歡迎客人的侍者那樣，白石廣場的左右兩側，各自懸吊著一排比人還要高大的、通體橙黃的禮鐘。像是在慶祝某種特別的節日，禮鐘上還繫著喜氣洋洋的紅色彩帶。

而在那兩排禮鐘之間，有許多人影，此時立於空曠的廣場之上。

……白色的人影。這是第一印象所產生的念頭。

但是，仔細一看，會發現原來是大家都穿著以白色系為基調的婚紗，才會造成這樣的印象。

幻櫻、雛雪、風鈴、沁芷柔、輝夜姬、桓紫音老師，原本這六位都是難得的美人，在穿上婚紗後，美貌變得更加耀眼。

那異樣的美，美到讓人不禁屏息，下意識害怕那如夢一般的人與景，會因自己的不慎而夢醒消散。

然而，這並不是夢境。

穿著婚紗的眾人，提著蓬鬆的婚紗下襬，向我這邊小跑步迎來。

「柳天雲。」

「前輩。」

「學長學長！」

「柳天雲大人。」

「……零點一。」

除了幻櫻之外的大家，呼喚我的名字之後，紛紛聚集在我的身旁。述說著被進入這個空間之後遇到的異事。

原來眾人踏入光門後，就被傳送到了這座空島上，身上還各自穿著新娘專用的婚紗。

在我進入這個世界後，她們能夠隱約感受到我的存在，也能感受到我正在靠近，於是一直在等我來到此地。

我也向她們解釋自己剛剛看到的景物。

落在人群之後的幻櫻，靠近聽完我的敘述後，微笑著發言。

「……也就是說，柳天雲你剛剛所看見的，都是來自過去的回憶。」

「是這樣沒錯。」

我一愣之後，點點頭。

幻櫻對眾人發話。

「依據柳天雲的經歷來推測……理解過去，邁步前進，才能獲得抉擇歧路的資格，並且迎接嶄新的未來——我想，所謂的『未來與分歧』應該是這個意思。」

眾人看著幻櫻愣住，似乎只有桓紫音老師明白了幻櫻的意思。

幻櫻繼續開口解釋。

「也就是說，柳天雲一個人獨自走來，所看見的、所經歷的，是過去……

「而在此地眾人會合後，眾人之間的羈絆彼此交織，才能鋪出通往『未來與分歧』的真正道路……既然我們穿著婚紗，只要往教堂內部的方向走去，這樣大概就可以滿足需要的條件了。」

沁芷柔在這時候聳聳肩，露出有些困惑的表情。

「咦？啊……那個，人家是不太懂啦，不過只要大家一起往教堂的方向走，就可以見識到所謂的『未來與分歧』，沒錯吧？」

幻櫻點頭。

理解幻櫻的意思後，大家在白石廣場上一起緩步前行，往教堂的方向走去。

這個兩邊列有禮鐘的廣場，大約有三百公尺寬。我們才走出幾步路，我先前看過代表羈絆的泡泡，再次緩緩浮現於虛空中。

但這次的泡泡只有一個，而且體積更加龐大，大約有兩個足球相加的大小。

而且泡泡的顏色，比起之前也更加鮮豔，彷彿在暗示著這段羈絆所包含的情感，更加深刻與濃烈。

「啊、泡泡裡有畫面……」

風鈴低聲驚呼。

出於對於這個世界的好奇，眾人駐足觀看泡泡映出的畫面。

在畫面裡，有一個穿著高領襯衫與牛仔褲的青年，身處類似遊樂園的熱鬧場景，而他正在販賣冰淇淋與汽水的攤販前排隊。

這個青年的相貌，在場眾人都很熟悉，不過比起現狀，又有些許的差異。

「這個人是……前輩？」

「……確實是零點一，不過年紀似乎比現在大上許多……看起來大概有二十七歲？還是二十八歲？」

在風鈴發言之後，桓紫音老師也出聲附和。

顯然，在眾人集齊後，在羈絆彼此交織的影響下……這個世界正以泡泡彰顯畫面，將未來的我顯示出來。

換句話說，如果將現今比喻為無數岔路的起點，那畫面中顯示出的……就是其中一種未來的可能性。

輝夜姬因為身材嬌小，站在人群的最前方。

此時，輝夜姬專注地盯著泡泡看。

「……柳天雲大人也真是有耐心呢，畫面中的天氣似乎很熱。啊、終於買到了……買了好多冰淇淋，是打算買給誰呢？」

眾人向畫面投以目光，然後看見青年時期的柳天雲，終於買到了冰淇淋與汽水，拿著冰淇淋往回走。

隨著青年柳天雲移動，畫面中的視角也隨之轉變。

青年柳天雲走向不遠處的樹蔭，在樹蔭下有一張純白的長椅。

而純白的長椅上，此時坐著一名穿著白色洋裝，戴著太陽帽的金髮美少女。金髮美少女手上牽著兩名小孩，此時她露出溫柔的表情，正耐心地與孩子們說話。

青年柳天雲向她們走去，而金髮美少女與小孩們看見青年柳天雲，幾乎同時站起，向青年柳天雲迎去。

青年柳天雲將冰淇淋交給金髮美少女後，一手一個地將孩子們攬在臂上抱起，露出開心的笑容。

「啊、那個……這個是……」

看到這裡，沁芷柔已經滿臉紅暈，說話時不斷結巴。她的聲音裡蘊含著緊張與期盼之意，在在彰顯著聲音的主人……內心正在遭受足以使語音發顫的巨大衝擊。

沁芷柔為什麼會如此表現，在場沒有人開口發問。

因為，在剛剛金髮美少女站起後，隨著視角轉換……真正看清她面容的那一瞬間，眾人對於眼見的事實就已經有所理解，並且陷入有些微妙的沉默中。

首先打破沉默的是桓紫音老師。

「這個未來……大概是闇黑乳牛……與零點一交往並結婚的未來吧。那兩個小孩，明顯也長得跟他們很像。」

「咦……啊……那個……呃嗯，好、好像是這樣沒錯……這個……那個……」

沁芷柔越來越慌亂，在偷看我一眼之後，又飛快轉過頭去。

穿著婚紗的眾少女，在沉默片刻後，又繼續前行。

接著，我們遇見了第二個帶有畫面的泡泡。

在第二個泡泡中，我們看見在黃昏時刻，青年柳天雲在街道上行走。他大約步行了兩、三分鐘的時間，最後走到一個頗為繁華的社區，並停在一棟五層透天的房子面前。

踏過鋪有青石的院子後，青年柳天雲按響門鈴。

很快就有人前來應門，在大門敞開後，站在門口的是一名穿著居家服的紫髮美少女，而她的相貌與風鈴一模一樣。

風鈴對青年柳天雲露出溫柔的笑容，並且說出了某句話。雖然泡泡中沒有聲音，但依據口形，能夠看出是「歡迎回來」這一句話。

風鈴將青年柳天雲迎進家門後，兩人走到客廳，客廳的桌上已經備好滿滿一桌菜餚。

兩人坐下，一邊談笑一邊吃飯。

自始至終，風鈴臉上始終露出幸福洋溢的笑容。

「這是首席黑暗騎士……與零點一交往並結婚後的未來……吧。」

桓紫音老師靜靜地說道。

而現實中的風鈴，在看見泡泡中的內容後，害羞地低下頭，一句話也不敢出口。

未來與分歧……剛剛泡泡中顯示出來的畫面，那極為真實的景象，讓眾人明白……那是確實存在的某種未來。

等到泡泡的影像開始重複顯現，又是沉默片刻後，大家繼續前行。

在走到白石廣場中段時，我們遇見了第三個泡泡。

「果然還有泡泡……」

桓紫音老師望著泡泡如此自語，然後帶著大家一起靠近，觀看泡泡中的影像。

第三個泡泡的景象，依舊是黃昏。

而青年柳天雲也依舊在街道上行走，似乎打算回家的樣子。

一切的情景，都與第二個泡泡極為相似，除了某一點以外。

「……這或許是妾身的擅自臆測……但是諸位大人，你們不覺得這個影像中的柳天雲大人……好像有點瘦嗎？」

輝夜姬盯著泡泡，如此出聲發問。

「咦？經汝這麼一提，如果仔細看零點一的話……確實是有點瘦。」

桓紫音老師也點頭。

「前、前輩好可憐……居然連臉頰都有凹陷的趨勢……而且一臉憔悴……彷彿渾身上下的精力，都已經被榨乾了……」

風鈴也不忍地發言。

而雛雪也緊握拳頭，對於這個未來畫面，憤慨地發表感言。

「──居然讓學長感到這麼辛苦與疲憊，雛雪生氣了，真的生氣了哦!!不管是妳們之中的誰讓學長變成這樣，雛雪都絕對不會原諒她!!絕對不會原諒哦!!」

在眾人同情的目光注視中，青年柳天雲走到某個寧靜的小社區，在一棟民宅前停下腳步。

青年柳天雲站在門口，按響門鈴。

就在他剛按響門鈴的那一瞬間，門後有一個早已蓄勢待發的嬌小身影立刻打開大門，然後撲到青年柳天雲的懷中。

這個嬌小的身影，全身上下只穿著圍裙。身材曼妙的她，看起來異常性感。

此時，眾人也看清了這個身影的長相。

……雛雪。

開門的人是未來的雛雪。

桓紫音老師轉而看向現實中的雛雪，靜靜地開口發言。

「……『不管是妳們之中的誰讓學長變成這樣，雛雪都絕對不會原諒她』？」

重複著雛雪之前所說過的話，桓紫音老師的赤紅之瞳彷彿在隱約發光。

輝夜姬則瞇起眼向雛雪看去。

「……雛雪大人，妾身真是對妳太失望了。」

雛雪在發現畫面中開門的是自己後，先露出震驚的表情，遭到夥伴們指責後，那震驚又很快轉為想要狡辯的慌亂。

雛雪滿臉漲紅，往旁用力一揮手。

「——狡、狡猾死了！狡猾死了!!妳們明明還沒有證據是雛雪的錯就怪罪雛雪，這樣是很不好的行為哦？是會讓友誼破裂的行為哦？雛雪覺得超級過分的喔!!」

眾少女聽完雛雪的解釋後，紛紛陷入沉默。

然後，她們盯著雛雪看，露出懷疑的眼神。

盯～～～

然後，然後她們繼續盯著雛雪看，露出更加懷疑的眼神。

盯盯盯～～～～～～～

「煩、煩死了！不要那樣盯著雛雪看啦！啊啊啊啊啊──不是雛雪的錯啦!!」

雛雪終於承受不住眾人給予的無形壓力，在大喊大叫宣洩羞憤的同時，往泡泡畫面中指去。

「妳、妳們看，雛雪也有煮料理給學長吃哦？而且很豐盛哦，超級豐盛的喔!!」

再往泡泡中的畫面看去，會發現未來的雛雪已經與青年柳天雲來到客廳，雙方坐下一起吃飯。

桌上確實擺滿了菜餚，至少有十多樣菜色，而且每盤都色香味俱全。

而未來雛雪自己似乎已經吃飽了，她就只是將手肘撐在桌上，以雙手捧住臉頰，笑吟吟地等待青年柳天雲用餐完畢。

見狀，現實中的雛雪振振有詞地發言。

「妳們看吧！未來的雛雪明明已經盡力了！甚至連自己都忙碌到吃不下飯，明明煮得這麼用心，花費那麼多心力卻還要被同伴們懷疑，雛雪很傷心哦，超級傷心的哦！」

桓紫音老師皺起眉頭。

「確實菜色是很豐富，但是種類……」

雖然桓紫音欲言又止，但大家明白她要說些什麼。

……如果仔細一看，會發現菜色裡雖然也有不少青菜，但更多的卻是山藥、海鮮、羊肉之類的大補食材。

而且，在吃完飯後，未來雛雪立刻笑著拉起青年柳天雲的手，往放有雙人床的臥室走去，接著關起房門。

泡泡裡的畫面，至此正式結束，又從頭開始循環播映。

看完影像後，眾人待在原地沉默片刻。

而從剛剛就一直在替自己辯解的雛雪，敏銳地察覺夥伴們藏在沉默中的異樣目光，於是漲紅著臉，又想要開口發言。

但是，以桓紫音老師為首的少女們，卻在此時乾脆地繼續邁步前行。

眾人將雛雪拋在身後。

將一直想要解釋，漲紅著臉似乎委屈到快要哭出來的雛雪拋在身後。

「大家聽雛雪解釋～聽雛雪解釋～～～啦～～～～～！！！！」

提著新娘婚紗的下襬，在大喊大叫的同時拚命從後面追趕大家的雛雪，在這時候看起來有點可憐。

深深嘆了一口氣後，我只能搖頭苦笑。

大家繼續前行，在白石廣場過半處，碰見第四個泡泡。

第四個泡泡裡的影像，是一片幽靜的竹林。

於晴朗的下午時分，青年柳天雲沿著竹林中的石頭小徑，在蓊鬱的綠意裡穿行。行走許久後，能夠看見石頭小徑的延伸盡處，有著一座矮小的茅草屋。

那茅草屋占地不廣，樣態平凡……但那處處斑駁的建築體，在說明屋齡悠久長遠之餘，也予人一種古荒之意，彷彿世代變化的滄桑盡在其中。

青年柳天雲走近茅草屋，然後掀起靜室外的竹簾，朝內望去。

在鋪上榻榻米的靜室內，有一名穿著和服的嬌小身影，正坐在矮桌前，手持毛

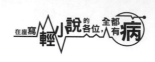

筆，正聚精會神地在白紙上書寫墨字。

雖然只能望見背影，但因為眾人對榻上的那人太過熟悉，都明白那人無疑是未來的輝夜姬。

青年柳天雲沒有驚擾未來的輝夜姬，悄聲踏進室內後，在後方不遠處旁觀輝夜姬寫字。

只見未來輝夜姬寫了一張又是一張，感到差勁的就揉成一團隨手拋進一旁的竹簍裡，不久後竹簍就塞滿了小半。

而用於盛裝墨水的硯臺，也漸漸被寫乾了。

不知道第幾幅字被撕掉後，由於硯臺墨水缺稀，輝夜姬想要再次磨墨。

就在這時，青年柳天雲緩步走上前，在輝夜姬身旁坐下，對她露出微笑。

「……我來磨墨吧。」

讀其唇語，話語應當是如此。

輝夜姬也沒有拒絕，對青年柳天雲微微一笑後，靜靜待墨研成。期間，她注視著柳天雲的一舉一動，眼中滿是溫柔。

墨成後，輝夜姬再次下筆。

兩人一個寫，一個磨墨，時間漸漸流逝，夜色漸暗。輝夜姬點起了燭火。兩人並未感到不耐，在跳動的燭光映照下，偶爾視線相觸時，會對彼此露出溫柔的微笑。

在月亮已經高懸夜空時……終於，未來的輝夜姬，寫出了至今為止最滿意的一幅字。

她將字展示給青年柳天雲看，那幅字上寫著一個「月」字。

然後，她側頭，凝視著柳天雲的雙目，輕聲開口說話。

因泡泡中的畫面無聲，因此側著頭的未來輝夜姬，說出的話語難以被讀出唇語。

然而，現實中的輝夜姬，卻微微一笑。

她並未看向畫面中未來的自己，反而轉過頭，看向了我。

「……柳天雲大人，這個『月』字，始終寫得並不好。而其中的緣由，大概……是因為身為輝夜姬的妾身，對於月亮感到既憧憬又害怕吧。妾身憧憬月的孤高，又害怕月的清冷……所謂的妾身，雖然自詡為輝夜姬，終究也只是個無法割捨慾望的凡人。」

輝夜姬依然並未看向畫面中的自己，她就只是凝視著我，輕聲接續話語。

「……因此，被譽為傳奇的輝夜姬，害怕身為凡人的事實被發現。或許，她曾經想要的火鼠裘、玉樹枝、龍首之玉一類的寶物，也不過是為了虛張聲勢，想要藉著寶物的燦燦光輝，掩藏起那個實際上軟弱的自己。」

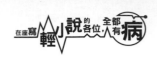

我望著輝夜姬，細細思索著她話中涵義，不禁沉默下來。

而輝夜姬將話語接續。

「但是，現在已經不一樣了……妾身即使是個凡人也沒關係，即使不再逞強也無所謂……妾身不願要虛榮，不願要寶物，也不願要名聲……甚至那混雜憧憬的月色也能盡數捨去……只要您願意對妾身微笑——只要您願意對妾身付出真心……妾身這輩子，將再無所求。

「心因所求，筆勢變化萬千……然而，這入木道，只取一筆真心。」

語畢，我看見泡泡影像中的未來輝夜姬……將原本花費大半天時間，那已經極盡完美的「月」字從中撕開。

然後，她對青年柳天雲溫婉一笑，重新提筆寫過。

這次筆墨靈動，一氣呵成，只花了極短的時間，就完成了新的一幅字。

未來的輝夜姬，將新寫好的字，緩緩拿起展示。

新的這幅字，並非「月」字。

在燭光的映照中，臉色微紅的輝夜姬，所寫下的是一個「柳」字。

這一幕的涵義，在平靜的外表下，可謂蘊含著洶湧的情感。

「……柳天雲大人，妾身曾在小葉城對您說過，妾身已經得到了太多太多……因此，必須背負的業果，也會隨之變得沉重……沉重到，必須就此知足。

「……那麼，柳天雲大人。如果妾身願意放下已有的事物，願意捨去原先內心渴求的月色……捨去追求的珍寶……甚至可以連輝夜姬的身分都可以不要，那麼……那麼──」

在泡泡畫面中，未來的輝夜姬，放下「柳」字後，緩緩將頭靠向青年柳天雲的肩膀。

「──那麼……如果、如果妾身已經一無所有，已經只剩下您的話……」

接著，滿臉紅暈的未來輝夜姬，輕聲道出最後一句話。

「……也可以請您，將心中的位置讓予妾身嗎？」

至此，影像徹底結束。

影像無聲，然而現實中的輝夜姬，卻一字一句，親口道出了這些話。

望著輝夜姬，我的內心滿是複雜。

而在旁聽見這些話的其餘少女，也沉默著久久不言。

至此，白石廣場已經走過了大半，樣態莊嚴的教堂已然距離不遠。第五個影像泡泡，在白石廣場的道路僅餘百公尺時，緩緩自虛空裡鑽出。

在這個泡泡影像中，青年柳天雲牽著桓紫音老師的手，於薄霧瀰漫的清晨，走在花景瑰麗的湖邊。

未來的桓紫音老師，不再披著西裝外套做那麼嚴肅的打扮，而是穿著精心配置的珠絲上衣搭配短裙，模樣極為嬌俏。

原本桓紫音老師的年齡就只比我大上些許，在泡泡影像中的畫面，走在青年柳天雲身旁的老師，依舊是二十歲左右的樣貌，看起來已經遠比青年柳天雲年幼。

現實中的輝夜姬，對此發表感言。

「桓紫音大人……是那種到了特定年紀，外表就會凍齡的類型呢。」

「咦……啊……咳咳，算是吧。那個……該怎麼說？身為吸血鬼皇女的本能天賦？」

現實中的桓紫音老師乾咳幾聲。注視著影像的她，露出有點既期待又焦急的表情，導致被輝夜姬如此一問，應對能力也有所下降。

再看向泡泡影像中的畫面，青年柳天雲與桓紫音老師共乘一條小船，船身在湖面上緩緩划動，逐漸往湖泊中心前進。

到了湖中心後，沿著水面所瀰漫的霧氣更加厚重。被圍繞在霧中的兩人，在水面微微的反光襯托下，猶如置身於仙境。

抵達湖中心後，青年柳天雲拿出一本書。似乎是已經成為作家的他，想要與桓紫音老師探討其中某個問題。

未來的桓紫音盯著書看了片刻，露出柔和的神情，對青年柳天雲微微搖頭。

然後，她在船上側身而坐，輕輕扶著青年柳天雲的身軀使其側面躺下，讓他枕在自己的大腿之上。

雙頰泛起幸福的紅暈，桓紫音老師對青年柳天雲露出嬌豔的微笑。

畫面至此結束。

得知自己也身處「未來與分歧」之中，現實中的桓紫音老師滿臉通紅，害羞地轉過頭，甚至不敢向我投以視線。

那模樣與泡泡影像中的她很相似。此時穿著婚紗的她，如同盡情綻放豔麗的花朵，使美貌程度更加昇華，擁有讓絕大多數男人心動的魅力。

但看向桓紫音老師的人，並不止我一位。

其餘怪人屋成員也看著桓紫音老師，發覺眾少女都對自己投以視線，桓紫音老師手足無措地上下揮舞手臂。

「啊、呃……吾……吾……啊、那個……嗯哼……總、總之吾等先繼續前進吧？」

試圖含糊地帶過有點微妙的氣氛，像是想將尷尬也拋在身後那樣，桓紫音老師提著婚紗下襬，率先走在前方。

我們緊隨其後，緩步繼續前行。

雖然白石廣場極為巨大，但走了這麼久，已經剩不到一百公尺距離，就能夠抵達象徵著終點的教堂。

到了這裡，已經能夠看清教堂裡的布置。裡面有許多純白色的長椅與宣誓用的神臺，神臺上還纏繞著慶賀新人的紅色喜帶——這是婚禮中，神父替結婚的新人證婚時的布置。

換句話說，我們一路前行的目標之處，就是結婚的地點。

大概眾少女對此也有相當程度的理解。她們先是遙望教堂裡的擺飾，隨著步伐前行，內心明白前方所代表的意義後，眼神也漸漸產生變化。

此時，距離白石廣場走完，還有大約五十公尺的距離。到現在為止，已經有雛雪、風鈴、沁芷柔、輝夜姬、桓紫音老師的泡泡影像浮現……怪人屋的眾少女中，只剩下一位的影像尚未出現。

意識到這點的瞬間，我的內心隱約變得緊張，步伐也忍不住放慢。我忍不住看向幻櫻。

幻櫻察覺了我的視線，也回眸向我看來，露出似笑非笑的神情。

怪人屋的其餘少女，此時都望著前方教堂中的景色，神色之中帶著些望眼欲穿的焦急，唯獨幻櫻十分平靜。

迎上幻櫻那笑容，因為讀不出她內心真正的情緒，我不禁一怔。

這時距離白石廣場走完，只剩下三十公尺的距離。

到了這種邁出幾步就能跨越的距離，那帶有「未來與分歧」影像的泡泡，卻依然未曾浮現。

哪怕內心再怎麼焦急，注意力遭到分散……怪人屋的其餘少女，在此時也察覺到了異樣。

先是直覺敏銳的桓紫音老師偷偷看向幻櫻，但很快的，像是害怕被幻櫻察覺自己的視線那樣，桓紫音老師又很快轉開目光。

接著是輝夜姬、沁芷柔、風鈴……就連在這方面最遲鈍的雛雪，也在白石廣場只剩下最後十公尺距離時，悄悄向幻櫻瞄了一眼。

一向唯恐天下不亂的雛雪，在打量幻櫻的神情後，罕見地沒有開口發言；反而像是在擔心對方那樣，有點不安地皺起眉頭。

眾少女的神色，或多或少都有些異樣。

唯獨幻櫻自己，臉上始終帶著那似笑非笑的招牌神情。

「啊……那個……我、我們到了。」

風鈴感到不安的聲音，在教堂中激起回音。

在無聲的沉默中，透過眼神所交織的眾多心思。在眾人正式踏入禮堂的那一瞬間，產生了微妙的氣氛變化。

像是害怕勾起幻櫻某種情緒上的反應那樣，眾人小心翼翼地朝她看去，又很快收回視線。

就在這時，整座教堂中有奇妙的現象逐漸產生。

「白色的……光點？」

自教堂的天花板上，慢慢飄落點點白色光點。

我伸手想要撈起那光點，那些光點卻虛幻地穿過了我的手掌，持續在整座教堂內不斷落下。

眼看白色光點如同雨滴般越來越多……光輝也越來越盛，整座教堂裡逐漸遭強盛的光芒所淹沒。

「……好刺眼。」

耀眼的光芒如潮水般，來得快去得也快。

當我們再次睜開眼睛時，周圍的事物已經有了巨大的變化。

更精確地形容的話，眾人身處的依舊是原本的婚禮教堂，但四周卻忽然熱鬧了起來。

原先空蕩蕩的教堂，那一排又一排來賓長椅，此時已經坐滿了來慶賀婚禮的賓客。賓客的談笑聲所混雜成的含糊人聲，那話語中的欣喜笑鬧之意，哪怕只是旁觀者也能深切感受。

而教堂最前端的神臺上方，已經站著神父。神父手上持著聖經，眼望門口的方向，耐心地等待新人來臨。

如果仔細觀察的話，會發現有一條色彩鮮豔的紅地毯，從神臺下方筆直延伸到白石廣場上。那明顯是為新人而準備，讓他們能從代表外界的白石廣場，沿著紅地毯不斷前行，一直走到神父的面前，接受雙方共結連理的見證。

正當我們左顧右盼觀察情況時，風鈴忽然發覺一件事。

「那個……周圍這些人……好像看不見我們？」

確實如此。

如風鈴所言，穿著婚紗的六名少女，以及穿著休閒外出服的我，站在禮堂的正中心，如同夜色中的螢光那樣耀眼。

但是，那些賓客甚至都沒有向我們看上一眼，哪怕視線湊巧對上，也像望著空處那樣很快轉開目光。

為了確認真相，我向不遠處一位中年男子的手臂撈去。

隨後，我的手掌如空氣般穿過他的手臂，就像我的存在是虛幻那樣。

「不……並非我的存在是虛幻的……事實應該正好相反。如同先前在白石廣場的泡泡影像那樣……這些人的存在，大概也是『未來與分歧之鑽』所幻化出的……某種未來分歧中會登場的存在……」

正因為是某種未來分歧中的存在，所以我才無法加以干涉。

理解這點後，我先向眾人解釋自己的看法，最後拉著大家站到教堂角落，打算靜觀其變。

時間過去不久後，教堂內賓客的氣氛越來越熱烈，神父在此時看了看掛在牆上的時鐘。

然後，在中午十二點整時，在「噹……噹……噹……」的報時鐘聲響完後，悠揚輕快的慶祝樂聲也隨後響起。

又經過片刻，我們看見在視線的極處，遠方白石廣場的紅地毯上，有一對攬著對方手臂的新人，正在慢慢向這邊走來。

當那對新人走到接近門口時，我辨認出他們的長相。

男方是青年柳天雲，比先前的泡泡影像中所看見的，大約還要年輕一兩歲。

而女方則是……沁芷柔。

與現實中的沁芷柔身著同樣款式的婚紗。未來的沁芷柔紅著眼眶，與青年柳天雲一起站到神臺上，在極近的距離彼此對視。

神父同樣站在神臺上，他看看兩人，然後用極為莊重的語氣對青年柳天雲發話。

「這位先生，你願意娶這位女士為妻子嗎？無論貧困、疾病、殘疾都不離不棄嗎？」

「我願意。」

注視著沁芷柔的青年柳天雲，在微笑中點頭。

神父又轉而注視沁芷柔，然後再次發問。

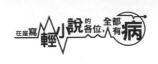

「這位女士，妳願意嫁給這位男士嗎？無論貧困、疾病、殘疾都不離不棄嗎？」

「……我願意。」

未來的沁芷柔，在點頭應允之後，頓時落下淚來。

而現實中的沁芷柔，看見這一幕之後，同樣也落下淚來。

接著，在神的面前，青年柳天雲與未來沁芷柔……在雙方宣誓共結連理的愛情證詞後，教堂之外，忽然響起了大量鳥類振翅的聲音。

有無數脖子上掛著紅色緞帶的白鴿，在耀眼的晴天下展翅高飛。

在那振翅聲中，青年柳天雲與未來沁芷柔再次拉近與對方的距離，近到能夠輕輕擁抱對方的身體，進行誓約之吻。

彷彿經過許久，又好似只過了片刻，在誓約之吻結束後，有捧著鮮豔花束的花童從角落奔出，將花束遞給青年柳天雲。

「沁，謝謝妳。謝謝妳一直以來始終陪伴在我身旁，原諒我幼時的魯莽，包容我年少時的輕狂。而現在，輪到我了，我會照顧妳一生一世，直到海枯石爛，天長地久。」

未來的沁芷柔哭得更厲害了，她用力抱住青年柳天雲，淚水無法克制地湧出。

那是多年的心願……得以實現的欣喜之淚。

未來沁芷柔的婚禮結束後，漫天的白色光點再次飄落，耀眼的光芒重新帶來周遭的變化。

周遭的光芒消失後，我開始觀察附近。

我們所身處的地點……依然是同樣的教堂，仍舊看見觀禮席上滿滿的來客，而神父也依然注視著門口等待著。

再看看壁上的時間，原來時光已經倒流重回十二點之前，這時婚禮還尚未開始。

經過先前泡泡影像的經歷，我隱約能夠猜出現在身處的境遇。

大概，在「未來與分歧」之中，剛剛是與沁芷柔交往並結婚的未來，而現在則是分歧之路上……走向別條道路的另一種未來。

觀看剛剛婚禮影像後，現實中的沁芷柔雙眼泛紅不斷抹去眼淚，而其餘少女大都陷入沉默。

只有雛雪開口說話。

她望著沁芷柔，歪了歪頭，露出疑惑的表情。

「……話說回來，雛雪發現一件事。」

「發、發現什麼？」

沁芷柔因為哽咽，回話時有些斷斷續續，她紅著眼看向雛雪。

面對沁芷柔的詢問，雛雪依舊歪著頭，繼續道出內心的困惑。

「那個呢，剛剛在廣場上已經看見了，未來的雛雪，好像胸部跟妳差不多大。」

「那、那又怎麼樣！」

沁芷柔一怔之後，用帶著哭腔的聲音質疑雛雪。她不明白雛雪為什麼忽然說出這樣的話。

這時，雛雪忽然用肩膀輕輕擦碰我的肩膀。

「所以說、所以說，學長學長——如果是在意身材因素的話，選雛雪也不會吃虧的哦？絕對不會吃虧的哦？」

語畢，雛雪對我拋了個媚眼。

呃……

我因為錯愕，一時之間不知道如何回應。

沁芷柔惡狠狠地瞪著雛雪，眼看怒氣就要竄升。

而雛雪則像貓咪那樣伸出弓起的手掌，在半空中來回抓了抓。

「——喵哈哈哈哈，雛雪只是開玩笑的啦。」

「一點也不好笑！難笑死了!!」

雖然對於沁芷柔來說很不好笑，但幸虧雛雪忽然打岔，眾人之間的微妙氣氛確實有所緩和。

接著，悠揚鐘聲再次迴響，十二點整再次到來。

這一次，在賀客的目光中走進教堂的新人，是風鈴以及青年柳天雲。

風鈴滿臉羞澀，而青年柳天雲則輕輕扶著她的腰，引導其前行。

兩人來到神父的面前，接受禮詞的詢問。

「這位先生，你願意娶這位女士為妻子嗎？無論貧困、疾病、殘疾都不離不棄嗎？」

「我願意。」

青年柳天雲專注地望著風鈴，在微笑中點頭回應。

神父又轉而注視風鈴，然後再次發問。

「這位女士，妳願意嫁給這位男士嗎？無論貧困、疾病、殘疾都不離不棄嗎？」

「我……我……」

風鈴顫聲說了兩個「我」字，已經紅了眼眶，話語難以接續。

因為過度激動，風鈴就連身軀都開始發顫。

她與青年柳天雲溫柔的視線對上，雙方互相注視片刻後，未來風鈴像是心中的那道框架受對方溫柔所融化……於是，她撲到青年柳天雲的懷中，在放聲大哭的同時，竭盡全力地喊出答案。

「──風鈴願意！不管再問幾次都願意！風鈴已經等了好久了，等這一天等了好多好多年……本來以為等不到了，因為風鈴不會說話，不擅長表達自己，就算是在怪人屋裡也不是最接近前輩的存在──本來只打算在遠處默默注視前輩就已經心滿意足……可是……可是前輩居然對風鈴這麼溫柔。溫柔到願意握住風鈴的手，與風鈴一輩子就這樣走下去，所以、所以──」

青年柳天雲溫柔地拭去風鈴眼角旁的眼淚，靜靜地待其說完。

像是從對方溫柔的神態中……取得了面對未來的勇氣，風鈴終於將最後一句話訴諸於口。

「──所以，從今往後，請讓風鈴以妻子的身分，一直待在前輩您的身邊!!」

原本在風鈴將自己的心聲吶喊出來時，受其話語所感動，所有觀禮的賀客都屏息以待，等待風鈴將一生一次的誓言道出。

而在風鈴說完話後，偌大的教堂內更是靜到落針可聞。

然後，也不知道是由誰先開始的，先是稀稀落落的掌聲開始響起。

最終，稀落的掌聲變為了如雷的鼓掌，以及讚揚的口哨聲。

在交換誓約之吻後，未來風鈴害羞地將臉藏在青年柳天雲的懷裡。青年柳天雲用公主抱將風鈴抱起，走進教堂側邊的內室暫做休息。

這時，我轉頭看向現實中的風鈴。

她也哭了。

與未來的她一樣，掩面哭得稀里嘩啦。

一向內向害羞的她，確實是怪人屋裡最少主動與我搭話的人。但暗藏在內心的情感，與表面所相反，風鈴或許才是最熱情洶湧的那一位……

正因為此刻深刻理解到風鈴對自己的情意，所以內心深處，開始漸漸湧現出一種又甜蜜又苦澀的感受。

風鈴整個人縮在桓紫音老師身後，始終低著頭，不敢看向我。

就在這時候，雛雪忽然又發話了。

她走來走去轉換角度，試圖看向風鈴，接著疑惑地歪了歪頭。

「……話說回來，雛雪發現一件事。」

「妳又發現什麼事了！煩死了妳，真的煩死了!!」

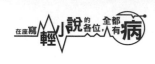

回話的人並不是風鈴，而是從剛剛就一直不爽到現在的沁芷柔。

雛雪望著沁芷柔，眨了眨眼，露出無辜的表情。

「但是但是，雛雪真的發現一件很重要的事!!」

「什麼事啦!!反正又是妳的胸部比較大之類的吧？」

「並不是。風鈴她呢，還是比雛雪要大一些。雛雪在這點上還是很誠實的。」

「混蛋!!那妳剛剛還說妳的胸部跟本小姐差不多，我明顯比她還要大吧！這樣來推論，妳怎麼會跟我差不多大？」

雛雪聽到這，閉起單眼輕吐舌頭，並伸手輕輕一敲自己的額頭。

「——耶嘿☆★☆，雛雪就說自己是開玩笑的了。」

「啊啊啊啊煩死了，妳這傢伙怎麼可以這麼氣人啦!!」

沁芷柔抓著頭髮的煩躁大叫聲，在教堂內四處迴蕩。

隨著風鈴的婚禮到達尾聲……空氣中，再次飄落散發光輝的白色光點，將時間再次倒回婚禮開始之前。

依然是滿堂賓客，依舊是眼望新人在紅地毯上共同前行，但這一次……身為過客的我，觀看的心境已然不同。

踩著紅地毯，互相扶持彼此前進的新人，是未來的雛雪，以及青年柳天雲。

這時，我聽見賀客的竊竊私語。

「……新娘好漂亮啊。只是，她的瞳孔怎麼是愛心的形狀？」

坐在他旁邊的賀客也好奇附和。

「是啊，真奇怪。還有為什麼新娘服下面會露出黑色的尾巴？」

新人並沒有聽見賀客的私語，但是走在紅地毯上，滿臉幸福的雛雪，在此時側頭對青年柳天雲說道。

「……對不起呢，學長。明明是結婚的日子，但雛雪卻這麼任性。但雛雪從一開始，正因為相信自己是魅魔，才能鼓起勇氣接近學長……所以在最後的最後，也請讓雛雪以魅魔新娘的打扮，將最好的自己呈現給學長。」

「沒關係，妳喜歡就好。」

青年柳天雲神色溫柔，態度也極為寬容。

在這時候，未來雛雪壓低聲音，向青年柳天雲耳語。幸好距離足夠接近，我們才能隱約聽見這段話。

「那個……學長，雛雪可以再提出一個小小的要求嗎？真的是小小的要求哦。」

「可以。」

「結婚之後，身為魅魔的雛雪，可以一天吸取十八次精力嗎？雛雪已經忍耐很久了哦，超級久的哦！」

「……太多了，妳是在開玩笑吧？」

「——喵哈哈哈，當然是開玩笑的，十五次左右就可以了啦！」

「「「「…………………………」」」」

此時，旁觀的眾少女，在沉默中，紛紛對現實的雛雪投以異樣的目光。

首先開口的是輝夜姬。

「……雛雪大人，請原諒妾身如此直言，但妾身必須說……在婚後，您還真是放縱自我，難怪之前在屬於您的泡泡影像中，柳天雲大人看起來像是乾癟的海綿。」

聞言，雛雪露出不滿的表情。

「太過分了，居然這樣誤會雛雪！雛雪是那種不知節制的人……是那種不知節制的魅魔嗎!?剛剛未來的雛雪已經說自己是開玩笑的了哦，明明已經說過了哦!!」

「——那是因為妳的玩笑都不好笑，才會被大家當真啦!!」

沁芷柔氣呼呼地回應。

此時，神臺上，立於神父面前的未來雛雪與青年柳天雲，開始接受神父的詢問。

「這位先生，你願意娶這位女士為妻子嗎？無論貧困、疾病、殘疾都不離不棄嗎？」

「我願意。」

神父又轉而看向雛雪。

「這位女士，妳願意嫁給這位男士嗎？無論貧困、疾病、殘疾都不離不棄嗎？」

「雛雪願意！」

交換誓言後，白鴿的振翅聲再次響徹天際。

新人應對完賓客後，再次踏在紅地毯上走出教堂。

而在兩人即將離去前，青年柳天雲微笑著對未來的雛雪發話。

「……我還以為，妳會哭。因為很多人結婚的時候，都會因為感動而落淚，不是嗎？」

而雛雪也對青年柳天雲一笑，難得地露出認真的表情。

「——那個呢，在學長向雛雪求婚之後，雛雪就決定不再哭泣了。因為只要學長還在，所有的痛苦與淚水，就會與之前那個沉默寡言的性格一起消失不見哦。」

「還真會說話呢。」

「耶嘿嘿……是在稱讚雛雪嗎？可以多稱讚一點哦。給雛雪一天吸取十八次的獎勵也可以哦？真的完全可以哦！」

「所以說十八次太多了啦!!」

「——喵哈哈哈哈哈哈哈。」

「「「「…………………………」」」」

目送著新人背影逐漸遠去之後，現實中的眾少女再次陷入無言的狀態。

沁芷柔首先發言。

「……話說回來，本小姐也發現一件事。」

「啊、妳偷了雛雪的臺詞!!這樣太可惡了！真的太可惡了哦!!」

無視雛雪的抗議，沁芷柔繼續詢問。

「……妳明明想做魅魔新娘的打扮，為什麼未來的妳，頭上沒有裝飾角呢？」

「——啊!!對耶!!」

雛雪掩住嘴巴，如同大夢初醒般發出驚呼。

她向遠處背影已經縮小成一個小點的新人看去，試探性地開口發言。

「……這樣的話，就想辦法把他們叫回來，再結一次婚？」

眾少女先是沉默，接著在沉默中蓄勢爆發。

「不要鬧了啦妳！本小姐真的會生氣喔！」

「雛雪大人，請原諒妾身的失禮……但是，請停止您怪異的想法，即使是妾身那個年代，結親也沒有二度之說。」

「闇黑小畫家，別光說一些愚蠢的事!!」

最後，在雛雪「喵哈哈哈哈」的笑聲中，這場婚禮也落下帷幕。

當我們第四次重回起始，十二點鐘也再次來臨時，從紅地毯走來的新人，是未來的輝夜姬與青年柳天雲。

兩人臉上幸福洋溢，在這個人生中最重要的日子，彷彿渾身都在散發光彩。

這次，我發現在賀客席位中，坐著一名俊秀的藍髮青年。像是在極力克制內心某種情緒那樣，藍髮青年放在膝上的雙手，緊緊握起成為拳狀。

這時，青年柳天雲牽著輝夜姬的手，從藍髮青年面前走過。

藍髮青年終於忍耐不住，霍地站起身，發出壓抑的叫喊聲。

「柳天雲！如果你之後敢讓輝夜姬公主大人傷心難過的話，我絕對不會原諒你！一輩子也不會原諒你!!」

這個藍髮青年，毫無疑問是飛羽。哪怕他經過幾年後打扮有些變化，不再是那種腰間配劍的騎士模樣，但那熟悉的臉孔……只要凝望片刻，就會不斷勾起過往的回憶。

未來的輝夜姬聽見飛羽的叫喊，腳步稍停，對其露出微笑。

「謝謝你願意來，小飛羽。但是妾身已經不是公主了，那些昔日的子民，已經變得足夠獨立堅強……已經不需要妾身來保護……在成為大人後，已經能夠往下一個人生的階段邁進。而妾身……也是如此。」

飛羽怔怔地望著輝夜姬，張口似乎想說些什麼，但看見輝夜姬那幸福的神情後，又漸漸沉默下來。

未來的輝夜姬，將話語接續下去。

「妾身雖然不再是公主，但妾身卻擁有了柳天雲大人。他不會讓妾身難過失望，哪怕不在神的面前宣誓也會一直如此。他可以成為妾身的月，可以化為妾身的筆……他也願意付出自己的一切，來守護妾身原本因為身體衰弱，而無緣體會的下半生……」

說到這裡，在平順呼吸後，輝夜姬說出最後的話語。

「因此，妾身會委身於這個男人。即使不再是公主也無所謂，就算失去輝夜姬的稱號也沒關係……因為柳天雲大人，會與妾身一起前行，走出通往未來的嶄新道路。」

語畢，未來的輝夜姬對飛羽再次微笑。

然後，她轉過身，繼續與青年柳天雲沿著紅地毯前行，最後站上高臺，接受神父的祝福與問句。

「這位先生，你願意娶這位女士為妻子嗎？無論貧困、疾病、殘疾都不離不棄嗎？」

「我願意。」

神父又轉而看向輝夜姬。

「這位女士，妳願意嫁給這位男士嗎？無論貧困、疾病、殘疾都不離不棄嗎？」

「妾身……不勝榮幸。」

站在遠處望著兩人的飛羽，沉默許久後，臉上慢慢現出一絲微笑。

「罷了、罷了……柳天雲，雖然我一直以來都不太喜歡你，但既然你能夠帶給公主幸福，我就暫時勉強承認你吧。」

在一系列關於婚事的忙碌後，輝夜姬與青年柳天雲的婚禮，終於宣告結束了。值得一提的是，兩人的婚禮進行時，並沒有白鴿振翅飛翔。取而代之的是大量天女羽衣延伸出的絲帶，在天際之間飄舞飛揚，形成令人眼花撩亂的奇景。這原本是輝夜姬在六校之戰時，曾配飾過的天女羽衣，此刻做為慶賀之用，倒也非常合適。

那無數天女羽衣延伸出的絲帶，最後彼此纏繞，形成了毯子的模樣。載著兩名新人一起飛出教堂。

在兩人乘上羽衣，朝著青燦的天空飛去之前，我們聽見輝夜姬與青年柳天雲最後的交談聲。

「……柳天雲大人，您知道在《竹取物語》的故事中，輝夜姬最後的結局嗎？」

「嗯，輝夜姬回到月亮上了。」

「……是的，更仔細述說的話，輝夜姬在故事的尾聲，披上了天之羽衣，因此忘記了憂愁……也遺忘了對於喜愛之人的重視……在漠視了一切後，她回到了孤寂清冷的月亮之上，成為眾人只能仰望的仙人。」

輝夜姬朝青年柳天雲望去，眼神中滿是溫柔。

「……說到這裡，柳天雲大人，您能夠明白嗎？妾身與故事中的輝夜姬，在羽衣上的不同之處。」

羽衣上的不同之處？青年柳天雲一怔，他並不擅長猜謎。

眼看對方有些煩惱，輝夜姬對著青年柳天雲一笑，然後輕輕向他靠去，親吻他的臉頰。

「——答案是，妾身就算穿上這件羽衣，也不會遺忘對於您的喜愛哦，柳天雲大人。」

因為體型嬌小的緣故，輝夜姬必須努力挪動身軀才能做到親吻臉頰的動作，模樣可愛至極。

輝夜姬的婚禮結束後，眾人重返原點，又來到十二點之前的教堂之中。

但是，觀看完剛剛的婚禮，有某個人一直皺著眉頭，露出在思考什麼的表情。

然後，這個人終於發話。

「……話說回來，雛雪發現一件事。」

「——雛雪大人您有什麼指教？請說請說請說請說。」

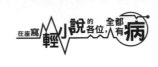

雛雪先是歪著頭提出疑問，而身為當事人的輝夜姬彷彿早有預料，幾乎是前語黏接後語立刻答覆。

而且輝夜姬還浮現「又來了嗎？」這種厭煩的表情。

啊啊……終於連平常脾氣那麼好的輝夜姬，也受不了雛雪了嗎？

雛雪在氣人的天賦方面，真的是我見過最厲害的天才，沒有之一。

但哪怕是雛雪，被輝夜姬用閃電般的速度馬上反問，也頓時有點慌亂。

為了掩飾那份慌亂，雛雪馬上找藉口掩飾。

「嗚哈哈……那個……沒什麼啦，真的沒什麼哦？雛雪只是覺得今天天氣很不錯而已——啊、都出太陽了，真好呢。」

輝夜姬下意識想做出以和服袖子遮住下半張臉的動作，發現自己所穿的是婚紗後，又放下了手。

然後，輝夜姬露出笑容。

「是這樣啊，幸好。妾身差點都要以為雛雪大人又要說些什麼『果然還是雛雪胸部比較大』之類殺風景的話呢。」

她雖然在笑，但眼神裡卻隱隱約約帶著寒氣。

「怎、怎麼可能呢，喵哈哈、喵哈哈哈哈哈——」

……沒想到雛雪這傢伙也有踢到鐵板的時候啊。

在旁邊看著她們的互動，我只能搖頭苦笑。

接著在又一輪婚禮中登場的人，是未來的桓紫音老師。

桓紫音老師與青年柳天雲牽著手，身影自紅地毯的尾端漸漸出現。穿著婚紗的她，此時的神態少了幾分平常的狂氣與傲然，多出幾分少女的羞澀。

平素鎮定的桓紫音老師，在面對婚姻大事時，表現得居然有些笨拙，甚至一度踩到新娘服的下襬導致身形不穩。

正因為與平常表現迴異，反而顯得特別可愛……

大概，這就是所謂的反差萌吧。

青年柳天雲細心引領著桓紫音老師，一路慢慢往神臺前進。

桓紫音老師雙頰暈紅，看著身旁的青年柳天雲，輕聲發話。

「……沒想到，也會有輪到汝……來引領吾的這一天呢。」

青年柳天雲，聞言也報以一笑。

「這代表我老了，妳卻年輕了。」

確實桓紫音老師外表的模樣，已經比青年柳天雲還要年幼許多，但她聽見這句話，卻笑得更是燦爛。

「……哼，汝這傢伙還真擅長討女孩子歡心。」

「沒有，怎麼可能，我一向是最遲鈍的……只是想到什麼，就說出什麼。」

青年柳天雲如此自承遲鈍，我頓時感到有些顏面無光。

我向現實中的諸位少女看去，眼懷希望，試圖從她們那裡聽到不一樣的意見。

「……嗯，確實很遲鈍呢。從小到大都是這樣。」

沁芷柔如此說。

「對，學長最遲鈍了。」

雛雪也點頭。

喂，妳們不久之前不是還在吵架嗎！怎麼忽然就變成盟友了!!

懷抱著最後的希望，我將目光投向怪人屋裡個性最溫柔的存在——風鈴小天使。

「前、前輩其實也沒有那麼遲鈍，只是一點點而已喔，一點點遲鈍。」

怎麼感覺是越描越黑！算了……

尷尬地咳嗽一聲後，我重新將注意力投回未來的桓紫音老師，以及青年柳天雲身上。

他們兩人，此時已經快要接近神臺。

未來的桓紫音老師，在這時低聲向青年柳天雲發出含笑的疑問。

「那個……話又說回來，吾明明是吸血鬼皇女，如果在神的使者面前見證愛情，不會被神的力量懲罰嗎？」

「有懲罰的話，我替妳頂著。」

青年柳天雲回話時的神態，很是溫柔。

桓紫音老師面色更紅了，想了想後，她又提出疑問。

「那、那這樣的話，以前汝是吾麾下的眷屬吧，如果我們結婚了，以後的關係該怎麼理清？」

「不衝突，我是妳的眷屬，也是妳的丈夫。」

「咦……？啊、嗯，那個……嗯嗯。」

桓紫音老師沒想到青年柳天雲會這麼回答，她先是愣住後，嘴角的弧度才慢慢揚起，最終露出甜蜜的笑容。

兩人走到神臺上，在神父的見證下面對面。

接著，神父開始宣示婚禮誓詞。

「這位先生，你願意娶這位女士為妻子嗎？無論貧困、疾病、殘疾都不離不棄嗎？」

「我願意。」

神父又轉而看向桓紫音老師。

「這位女士，妳願意嫁給這位男士嗎？無論貧困、疾病、殘疾都不離不棄嗎？」

「吾……當然願意。」

在眾人的注視中，兩人交換誓約之吻。

那吻極為長久，彷彿永遠也不會分開。

在婚禮結束時，青年柳天雲用公主抱，抱起了桓紫音老師，一路往外，緩步而行。

一直走，一直走。

一直走、一直走……

走到了眾人視線的盡頭，走進了……只屬於他們的人生之中。

第九章 眾女期盼的婚禮

現實中的桓紫音，看完未來的分歧景象後，蹲下將自己的臉埋在膝蓋之間，久久不肯抬起頭來。

大概是聽見未來自己的話語後感到羞澀，她害羞到連耳根子都紅了。

「——哼哈哈哈，老師的頭上都害羞到冒煙了呢。絕對冒煙了哦？」

在精神的恢復力方面值得誇讚的雛雪，這時又笑著調侃老師。

「吵、吵死了！吵死了！」

老師維持著埋臉的動作，發出悶悶的羞喊聲。

「也是，那麼害羞的桓紫音大人……妾身還從未見過呢。」

而輝夜姬也點頭贊同。

「啊啊啊啊啊——不、不要再說了！不要再說了啦！」

在輝夜姬也參戰後，桓紫音老師終於支撐不住，發出承受不住的聲音求饒。

這些傢伙也真是……見狀，我忍不住又搖頭苦笑。

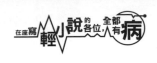

至此，我們已經旁觀了沁芷柔、風鈴、雛雪、輝夜姬、桓紫音老師，五人在面臨人生大事時的景象。

當桓紫音老師的婚禮結束後，無數的光點再次浮現於周遭的空間。

只不過，這次的情況有些許不同。

「這次的光點……為什麼這麼多？」

我納悶地伸手撈向光點，因為觸碰不到，撈了個空。

之前空氣中只瀰漫薄薄一層光點，就能成功幻現出……某種未來的分歧景象，而現在光點都已經快要聚集連成濃厚的光霧了，新一輪的幻象卻尚未展開。

最後，在整座教堂都幾乎塞滿了光點之後，終於再次強光大作，將眾人捲進新的幻象之中。

在光芒消失，視覺適應後，我第一時間查看自己周圍的景象。

依舊是同樣的教堂，依然是滿滿的賓客，還有尚未抵達十二點的時間。

「又來了嗎……同樣的情況……」

在過去幾次，我們已經下意識養成了習慣，將身體朝向門口的方向，極目遠眺，想要看到新人的身影從紅地毯的另一端出現。

但我們等了一陣子後，眼看只剩下三十秒就是十二點整了……卻依舊看不見走來的新人身影。

……之前在這時候，應該都能看見新人從紅地毯上走來了，這是為什麼呢？我不禁納悶。

就在我伸長脖子望向外頭時，身旁的沁芷柔忽然戳戳我的肩膀。

「吶、那個……柳天雲……」

「嗯？怎麼了？」

我向沁芷柔看去，目光掃過怪人屋其餘少女時，意外地發現她們似乎看起來都有點不安。

而沁芷柔也是如此，她極度不自在地打量著周遭的人、事、物，然後再次向我開口。

「那個……你、你不覺得有哪裡很奇怪嗎？」

「很奇怪？」

一開始我已經觀察過四面八方，周圍的賓客與前面幾次一模一樣，教堂也是同樣的教堂，甚至連每一次幻象更替時，腳下所踏的地方都相同……到底有哪裡奇怪呢？

但是沁芷柔既然這麼說，於是我再次對周遭投以目光。

不看還好，一看之下，我頓時愣住。

因為，我只是轉頭向某處的賓客席位看去而已，那邊的人居然也轉過視線看向我。

這一次，幻象裡的人，可以看見我們？

所以，剛剛怪人屋的諸位少女，才會感到如此不自在吧。

因為，我穿著便服，而其餘少女更是一個個穿著華麗的婚紗，就站在距離神臺不遠處，只要他們能夠看見我們……那我們的打扮無疑是異類中的異類。

在這時，有一個看起來像是婚禮工作人員的女人，從教堂外向我們這邊跑來。

「找到了、終於找到了——!!」

工作人員氣喘吁吁地停在我們面前，然後一把抓住我的手腕。

「婚禮都快開始了，新郎你怎麼還在這裡？啊、新娘果然也在這裡嗎？走走走，快要延誤時刻了，快快快，跟我走！」

她另一隻手抓住了幻櫻的手，著急地將我們兩人往外拖去。

我疑惑至極地跟著她走，才剛走出幾步，忽然聽見腳下傳來皮鞋的聲音。

我原本穿著的休閒鞋，不知道在什麼時候變成了白色皮鞋。

不……不只如此，就連身上的衣裝，也變成一看就很貴的白色西裝。與之前幾次幻象裡，青年柳天雲所穿的一模一樣。

「到底……是怎麼一回事？」

我吃驚到不禁開始自言自語。

而走在我身旁的幻櫻，表情卻十分鎮靜，她對我露出似笑非笑的表情，似乎一點也不意外。

被工作人員拉著越走越遠，因為白石廣場有幾百公尺長，所以我們很快就遠離了教堂，遠離了其餘少女的聽覺範圍之外。

在這時，我忽然想到某件事。在先前其餘少女的分歧幻象出現時，幻櫻從頭到尾都是一言不發。她既不爭執，也不吵鬧，就只是冷靜地待在一旁觀看。

幻櫻在這時終於微笑開口。

「柳天雲，為什麼這次代表未來的分歧幻象……是不一樣的，你對於這個感到疑惑，對嗎？」

一邊被拉著走，我怔怔地望著幻櫻。

而幻櫻對我俏皮地眨眨眼。

「嘻嘻，柳天雲，你果然很遲鈍呢，人家明明都已經提示到這個份上了。」

話語微微一頓後，她繼續說下去。

「鏘～～!!做為久違的師父立場來發言，弟子一號，我考考你——造成這個世界，形成這些幻象的道具，究竟叫做什麼名字，又有什麼用途呢？」

幻櫻雖然自居師父，但卻是用撒嬌的口氣來問話。因為她除了身材嬌小之外，容貌看上去也是蘿莉模樣，那模樣即使是最剛硬的鐵漢，也會忍不住心軟。

不過，聽聞問題後，我不禁又是一怔。我當然不可能記錯名字，也不可能搞錯用途，為什麼這時候會詢問這個呢？

雖然不解，但既然幻櫻抬出了師父的身分，我還是回答了問題。

「這個晶星人道具，叫做『未來與分歧之鑽』。用途當然是幻現出……未來某條可能的分歧道路上……所產生的景象。」

「賓果，正確答案。」

幻櫻朝我豎起食指，然後又繼續提問。

「那麼，身為未來準作家的你，知道『分歧』……這個詞彙的意思嗎？」

「分歧？分歧……分歧。」

重複誦念數次後，我不禁一怔。

分歧的意思是……產生不同的見解。如果人生比喻為一條道路，那麼分歧的意思，就是人生的道路上……會產生通往不同終點的數條岔道。

然而。

即使沒有那些岔道，人生的道路也不會就此消失。

如果沒有岔道的話，筆直地前進，依然可以抵達終點。

而即使存在岔道，在原先的人生大道之中，直線前進抵達終點的機率，依舊也是最高的。

「原來如此……」

難怪……難怪，之前在路過白石廣場的途中，幻櫻的泡泡影像未曾出現。

因為，這個道具只能幻現出分歧之路。

如果做為直線前進的終點存在，就不會被這個地方……這個道具，所具現出幻象。

再繼續深思。

白石廣場中的泡泡幻象，讓我們走向教堂的途中，如同人生道路上的過客那樣，以旁觀者的角度遠望未來的自己。而此一舉動，讓「未來與分歧之鑽」……記錄了我們幻現於泡泡之中的身影，最後產生了……「分歧的過程」。

而白石廣場的末端，那壯麗氣派的教堂，則在此地代表了「道路的終點」。

一個人可以缺乏踏上分歧之路的過程，但只要不停下筆直前進的腳步，就不能不履足終點。

因此，象徵幻櫻婚事的終點，在此時依舊被幻現出來……而沒有分歧過程，只有結果的後果，就是做為本人在現場的我們，成為新一輪幻象之中的主角。

理解了真相後，我看向幻櫻，怔怔地望著她。

之前因為朝夕相處已經習慣，但一旦長久注視對方，就會再次發覺幻櫻的美貌程度，並非常人所能及。

幾乎是吹彈可破的晶瑩肌膚，雖然身高不高、比例卻很好的身材曲線，以及那帶著點稚氣的嬌俏臉蛋，這一切組合起來，讓人不禁懷疑是神之造物才能達成的奇蹟。

但奇蹟偏偏達成了。

而這樣的幻櫻，此刻穿著婚紗，那雪白的婚紗所襯托出的空靈秀美，讓幻櫻看起來如描如畫，美到彷彿只存在於虛幻之中……美到甚至文字筆墨都難以形容。

「呼嗯……怎麼了？又再一次迷上人家了嗎？」

大概是察覺了我一直呆望著她，幻櫻笑著如此發言。

在工作人員的引領下，我們來到白石廣場的起點，開始挽著彼此的手臂，走上紅地毯。

穿著白色西裝的我，與穿著婚紗的幻櫻，走在柔軟的紅地毯上，這樣的景象讓我感到自己有如身處夢中。

而親自踏上紅地毯後，我才明白工作人員為什麼急著把我們拉到這裡，堅持要我們走完這段路。

因為，剛剛在教堂裡離得太遠，看不真切……當親臨現場時，才會發覺，原來在白石廣場的兩側，其實早已站滿了賀客。

那些賀客足足有數百位……不，數千位那麼多，頓時擠滿了原先空蕩的白石廣場。

在發覺新人開始走紅地毯後，賀客們一邊鼓掌一邊往前走，圍繞在紅地毯兩旁，以人牆又形成了一條額外的道路。

這時，我也注意到一點。

這些賀客，與教堂中年齡偏大的那些客人不同，幾乎都是朝氣蓬勃的青年或妙齡女子。

再仔細一看，會發覺有許多賀客都是熟面孔。

「這些人難道是……──!!」

看出這些人是誰後，我不禁大吃一驚。

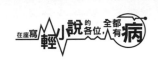

幻櫻轉過頭，由於我們挽著手，她在離我極近的距離，笑著點頭。

「嗯……他們是之前六校之戰中，A、B、C、D、E、Y，六所學校，被你拯救過的所有學生……」

幻櫻也環顧周遭，露出懷念的神情。

「據我猜測……大概是你第二次對文之宇宙許願時，殘溢而出的願力造成了影響……隨著時間過去，一度遺忘關於你的記憶的這些人，就再次記起了你。」

在紅地毯周圍的那些青年與妙齡女子，拚命擠在最前端的人之中，有幾位在這時對我發出大喊。

「——小柳，之後要過得幸福哦!!」

是A高中的A子，她用手掌圈著嘴巴大聲叫喊。她自來熟的個性，讓當年身為獨行俠的我很不適應。

但回顧舊事，昔日的尷尬也化為了溫馨之意，不禁勾起嘴角的一絲微笑。

而棋聖的身影也混雜在其中，他依舊穿著在現代看來很詭異的狩衣，那有些狼狽的模樣，看起來倒像是被人群推擠，才被迫站在最前方的。

發覺我的視線看去，棋聖瞪了我一眼。

「聽好了，柳天雲，老朽並不是來慶賀你的婚禮的。因為你始終無視老朽發出的寫作挑戰信！所以，迫不及待想要打敗你雪恥的老朽，不得不來此地催促你！」

站在棋聖旁邊的另一名青年，在棋聖說完話後，也笑著開口說話。

「你在說什麼呢？不就是你一直喊著『快要十二點了，多花點錢搭計程車去吧，快快快！』一邊趕著我們出發的嗎？」

「胡說八道！老朽才沒有說過那種話！也只是想要來下戰帖而已，遲到了又有什麼？」

「那你為什麼不退到後方去？」

「因為老朽……老朽……啊、煩死了，老朽為什麼要向你解釋？總之柳天雲，給我好好記住，老朽遲早有一天會擊敗你的!!」

棋聖說到這，臉色開始發赤，左右張望發現自己引起眾人的注意後，羞恥地大吼一聲後，往後排開人群，怒然拂袖而去。

望著棋聖的背影，我在嘆了口氣之餘，不禁搖了搖頭。

或許，有一些人也並不是天生的壞人。

他們同樣熱愛寫作，同樣喜愛文字，只是身處六校之戰中那種被迫生死搏殺的環境，他們太過於愛惜自己……因此，才走上了……讓日後的自己都後悔的錯誤道路。

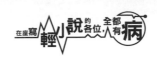

在人群之中，我也看見了小秀策。

在六校之戰中，曾經攻打C高中的他，此時待在遠處搖著摺扇。雖然只是遠望，但他卻一直沒有走，始終望著我們，神色中帶著複雜。

那複雜之中，有輸給輕小說家同類的不甘，有對於往事的追思，但更多的……卻是無法掩蓋的悔意。

接著，我們看見了曾經就讀Y高中的怪物君。

他臉上帶著從容的微笑，從白石廣場的末端慢慢走來。他就連一個表情、一個行走的姿態，都顯得無比瀟灑。

怪物君在寫作方面的實力，強橫恐怖到難以想像，曾經一度在六校之戰中橫掃各大高中，是常人難以企及的絕對王者。

此時年紀漸增的他，穿著合身筆挺的西裝，更顯身材修長。而他的長相，依然俊美到堪稱漂亮的程度，是會不斷引起大眾注意的超級美男子。

六校之戰最後能以和平收場，很大程度上，也必須歸功於怪物君的柔懷。他雖然有王者的傲氣，卻沒有王者特有的狠辣。如果要以君王來比喻的話，就是慈悲為懷的明君。

而這樣的怪物君，這樣厲害的他，此時也特地來到這場婚禮之中。

怪物君並沒有擠進人群，依舊如過往般孤高不凡，他就只是站在遠處，遙遙望了我一眼後，對我們露出微笑。

來時瀟灑，去時飄然……彷彿只看這一眼就已足夠，就已經得到心中應有的答案。

接著，西裝筆挺的怪物君，將手插在口袋中……緩步漸漸遠去，直到身影消失在視線的彼端。

我挽著幻櫻的手，繼續前行。

然後，我看見了更多更多人，尤其是在六校之戰中，C高中曾經對我冷言冷語的那些人。在變得成熟後，歷經時光的沖刷，逐漸變得滄桑的他們，也學會了反省。

在我們路過紅地毯的某段路時，他們朝我低頭道歉，露出愧疚的表情，有些女生甚至落下淚來。

我向他們點點頭示意，表示自己……已然釋懷。

曾經的瑣事，如同過往雲煙。

既過了……便散吧。

走到紅地毯中段時，四周圍著紅地毯的人越來越多，腦中也漸漸浮現來自過往的追憶。

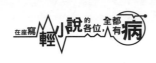

過去的故人，隨著時光荏苒，一個個變得成熟世故。原本難以啟齒的話，在經過那麼多年後，也終於擁有了開口的勇氣。

他們是如此。

她們是如此。

而我……也應當如此。

有許多話……不，很多很多話……我一直都想對幻櫻說。

「櫻……謝謝妳。謝謝妳在我最失落的時候能夠出現。」

回到了最初的起點，我稱呼她為櫻，而非幻櫻。

說到這裡，我腦海中浮現當初在封筆時期，穿越時空不久，剛成為幻櫻的她，披著黑色斗篷，坐在我的身上……那時她替我感到不惜與悔恨，不斷流下淚水。

起初，她在哭。

「櫻，同時要謝謝妳不惜一切，也想要拯救踏入迷途的我。」

言語及此，我的腦海中浮現……當初幻櫻為了抵禦強敵，在存在之力用盡後，於眾人面前消散的那一幕。

在消散前，充滿對於我的不捨，幻櫻依然流下了淚水。

中途，她也在哭。

甚至就連死後，她對於我的思念也形成了思念體，寄宿在晶星人的機器中，成為九千九百九十九號。

在過去，一次又一次，一回又一回……幻櫻始終不求回報，不求利益，只希望我能夠過得好，過得快樂，能夠露出幸福的笑容。

為了能夠在遠處注視我的笑容，她甚至願意為了我而死。

思及此，我看向幻櫻的側臉。

由於四周許多故人出現，幻櫻的臉上也露出了追憶的表情。那表情裡含帶感慨，又有幾絲揮之不去的惆悵。

此時，對著幻櫻，我誠摯地發言。

「櫻，真的謝謝妳，謝謝。我雖然不聰明，在妳看起來大概也不怎麼可靠，一直都依賴妳的幫助與保護，但從今往後，請讓我來保護妳，守護妳。」

「真的嗎？」

幻櫻自原先的追憶中清醒，她轉頭，對我露出似笑非笑的表情。

她似乎想露出鎮定的笑容，但在聽見我的話後，依然有了笑意之外的情緒波動。

「是真的。」

「真的真的嗎？」

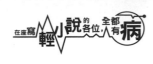

「真的真的。」

幻櫻先凝視我的雙眸，經過片刻後，用鼻子發出「哼哼」的可愛鼻音。

「身為詐欺師的人家，可不會輕易信任別人哦？」

「呃……那個……我——」

就在我想繼續開口時，幻櫻卻微笑著先說話了。

「好啦，不逗你了。你說的人家知道啦，一直都知道。像我願意犧牲自己去救你一樣，你肯定也……願意犧牲自己的性命來救我。

「當初在最終一戰裡，你已經不惜賭上性命了，不是嗎？如果當時只能用你的性命來交換我的性命，恐怕你這個笨蛋……為了我，也會押上自己的一切吧。」

幻櫻的話語說及後半段，聲音漸漸低微。

原先就在強裝出笑容的她，眼角有淚水逐漸匯集。

「所以……柳天雲，人家一直都是相信你的。相信你不會拋下我不管，相信你會對我不離不棄……相信你，願意照顧我一輩子……」

說到這，幻櫻眼角的淚水越滾越大，最後終於忍耐不住流下。

再怎麼堅強的人，也有軟弱需要依靠他人的一面。這是必然的，如同「人」字的組成，是兩個人互相依靠那樣……唯有找到自己生命中缺失的部分，才是完整的人，才能在滿布艱辛的人生道路上……走得更長更遠。

過去的我，無法真正理解這點，甚至還對「人」字的構成嗤之以鼻。然而，歷經生死，踏過多年時光後……對於此，我的內心已經了然。

因那了然……「人」字對於我的意義，就已徹底不同。對於我面向未來的態度，更有重大的影響……與轉變。

歷經剛剛的問答後，幻櫻依舊在哭。

我默默地望著幻櫻，伸手替她擦去眼淚。

……是啊。

起初，她在哭。

中途，她在哭。

現在，她也在哭。

那麼，我所能做的，必須投以自我的方向，毫無疑問……只剩下一個。

「相信我，未來，我不會再讓妳哭泣了。」

我對幻櫻露出溫和的笑容。

幻櫻拚命想擦去淚水，聽見我的話後，淚水卻越擦越多。

就在這時，接近紅地毯的末端處，忽然傳來某個男人憤怒的嗓音。

「喂，臭小子，你居然讓我女兒哭了，小心我宰了你啊？」

循著聲音的來源看去，我看見了隼先生。

隼先生是幻櫻的爸爸，是個無可救藥的女兒控。

在被幻現出來的這個未來，我早已隱約預感，既然是幻櫻的婚事……想必隼先生也會到來。

現在一看，他果然來了。

隼先生雖然在叫罵，但是他眼眶也紅了。

大概是見到女兒出嫁，感到既難過又欣喜，那複雜的心情，只有他自己能夠理解吧。

「喂，臭小子，這種情況可不是你說一句『請把女兒交給我、我會好好照顧她』就能解決的喔？你要怎麼樣讓身為岳父的我滿意？我可是很嚴格的喔！」

雖然態度蠻橫，但隼先生對於女兒的疼惜與愛護，也已明顯至極。

走到父親面前時，幻櫻瞪了隼先生一眼，甚至還跺了一下腳。

「——爸！你再這樣的話，人家要生氣了哦！」

被幻櫻這樣的表情一看，聽聞她要生氣，隼先生原先昂起的頭，頓時縮了回去。

「好好好，我不逼他就是，不逼他就是。」

居然這麼快妥協嗎……看來幻櫻對於他的言語殺傷力，大概類似於遊戲中的禁咒等級吧。

因為太過疼愛幻櫻，所以隼先生雖然一直瞪著我，但時間久了，也只能露出無奈的表情。

「算了算了……就這樣吧。不過，臭小子，你怎麼比上門提親的時候還要年輕？我的寶貝女兒倒是沒變，你倒是像縮減了年齡……？」

「呃……」

我很難對隼先生解釋幻境中的事。幻櫻是因為蘿莉外貌，所以幾歲看起來都差不多——但是我從青年的模樣變得年輕許多，其中的緣由，確實難以言表。

「——爸!!」

幻櫻又瞪向隼先生。

「好好好，我不管了，他年輕就年輕吧。」

隼先生再次縮回了頭。

話說回來，隼先生外貌也挺年輕的。大概是因為保養得宜，看起來只像三十五歲左右。

或許，幻櫻的凍齡外貌，也有一部分是其父所遺傳吧……

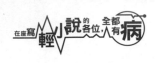

思及此，白石廣場上的紅地毯已經走完，我與幻櫻邁步進入教堂之中。

在教堂眾多賀客的注視之下，我們兩人緩步走到神臺之上，聆聽神父的婚禮誓詞。

「這位先生，你願意娶這位女士為妻子嗎？無論貧困、疾病、殘疾都不離不棄嗎？」

「我願意。」

神父又轉而看向幻櫻。

「這位女士，妳願意嫁給這位男士嗎？無論貧困、疾病、殘疾都不離不棄嗎？」

幻櫻在回答之前，深深望入了我的眼眸之中。

從那眼眸之中，我看見了複雜的情感，彷彿看見了我們從幼時一路走來彼此纏繞的姻緣……那起初幼小的種子，於此刻開花結果並綻放。

然後，幻櫻於帶淚的微笑中，說出人生之中最重要的一句答覆。

「嗯，我願意。」

在交換誓詞之後，我們兩人彼此接近。凝視彼此片刻之後，頭顱往對方靠去，然後雙脣輕輕相接。

心臟怦怦直跳紊亂了體感，使親吻產生彷彿經過一世紀這麼久的錯覺。

然後，我們兩人慢慢分開，對著彼此再次露出微笑。

正當我們注視彼此時，做為新娘父親的隼先生，忽然捧著顏色豔麗的花束靠近，將花束交給我。

「喂，臭小子，再強調一次，做為岳父我可是很嚴格的喔？」

呃……這句話你之前已經說過，我知道了啦。

先不理會隼先生這邊。

拿到捧花後，我緩緩將其交給幻櫻。

這個動作意義重大。

在婚禮中，這束花就是定情之物……是代表著兩人的情感，更加牢固聯繫的橋梁。

幻櫻也明白其中的涵義，她在接過花束後，慢慢落下眼淚。

那眼淚，此時象徵著幸福。

隼先生發現幻櫻落淚，起初露出焦躁的表情，但望著幻櫻許久，理解了那眼淚的複雜意義後，又沉默了下來。

經過片刻，再次開口時，隼先生的語氣比之前溫和許多。

「……那束新娘捧花，接下來，妳就往人群裡拋吧。在傳說中，接到捧花的女士，也可以受到婚姻之神的祝福，進而得到屬於自己的幸福。」

說完這句話後，他又狠狠瞪向我，似乎對這個女婿還是有點不滿意。

在我身旁，拿著新娘捧花的幻櫻，此時正望著花束，露出有些猶豫的表情，在沉默中思考。

按照正常的婚禮行進儀式，幾乎每個新娘在得到捧花後，都會隨手往人群裡拋去，結束這個象徵式的流程。

可是，平常一向果決的幻櫻，卻在此時望著新娘捧花出神了。

她究竟在思考什麼呢？

在沉默中，又經過片刻，幻櫻時而咬著下唇，時而面色有些微變化……最後，在露出追憶的神色後，她的表情轉為柔和。

然後，幻櫻看向教堂裡的某個角落。

同樣穿著新娘服裝的風鈴、雛雪、沁芷柔、輝夜姬、桓紫音老師等人，因為不是新娘，穿著婚紗又太過顯眼的緣故，早已經站到角落去觀禮。

此時她們對上幻櫻的視線，都是一怔。

幻櫻緩步走下神臺，朝著怪人屋的其餘少女走去，最後走到她們面前。

「給妳們。」

幻櫻朝前方遞出新娘捧花。

「咦……？」

眾少女之中，站在最前方的人是風鈴。

風鈴原本看到有人遞來東西，想要下意識接過，於是伸手抱住了花束，然而卻無法順利拿取……因為幻櫻那邊，始終抓著花束未曾放手。

幻櫻的神情依舊溫柔，她再次望著眾人發言。

「給妳們。」

「……什麼？」

受到幻櫻的眼神鼓勵，不明所以的沁芷柔也上前抱住捧花，想要接過，但幻櫻依然沒有放手。

最後，幻櫻的視線在眾少女的臉上一一看過，並進行第三次發言。

「給妳們。」

與幻櫻的視線對望後，眾少女先是一愣。接著，少女們妳看看我，我看看妳，終於理解幻櫻的意思，並且一起走上前。

這次，風鈴、雛雪、沁芷柔、輝夜姬、桓紫音老師，五名少女同時伸手，從幻櫻手上順利接過了捧花。

接過新娘捧花後，她們以複雜的神色，看向幻櫻，漸漸沉默了下來。

看到這一幕，我不禁一怔。我不理解幻櫻這個舉動的意思，而怪人屋其餘少女的沉默，其內顯然也包含諸多疑惑。

幻櫻最後對眾人露出輕柔的笑容後，轉過身。

然後，她牽著我的手，緩步走出教堂。

在我們踏出教堂的瞬間，整個虛幻世界形成的幻象，也漸漸被溫暖的亮光所包圍。

在那亮光達到極致時，我們返回了現實世界。

第十章
你與我最後的廝守，亦或是圓滿完善的終點

在使用「未來與分歧之鑽」後的隔天。

早上十點，我與幻櫻，正在坐計程車前往幻櫻老家的路上。

前往幻櫻老家，是因為我們想看看樹先生。

據說，樹先生與別的櫻花樹不同，整年都盛開著色澤鮮豔的花瓣，已經是不枯不謝之櫻。

而此時，亦是樹先生的櫻花盛開之時。

抵達目的地後，我們沒有驚擾隼先生，帶著野餐桌巾與三明治，來到了樹先生的樹蔭下乘涼。

在偌大的庭院中，枝葉參天的樹先生盛開的櫻花彷彿能夠遮蔽天際，給人一望無際的壯闊之感。

我撫摸著樹先生的軀幹，若有所思。

數十年未曾開花，一開花就持續不斷……樹先生的經歷，即使我身為人類，也

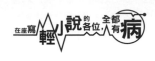

不禁為之感嘆。

鋪好野餐桌巾後，我與幻櫻一起坐下。

然後，幻櫻開口說話。

「今天找你出來，是想要找你聊聊某些事。」

「什麼事？」

「你不覺得……怪人屋之中的氣氛，從昨天之後，就變得有些奇怪嗎？」

「經妳這麼一說……」

只要稍加思考，就能明白幻櫻所言非虛。

昨天從「未來與分歧之鑽」中返回現實世界後，原本無話不談的怪人社眾人，忽然之間，對彼此就變得客氣許多。

更細心去品味的話，與其說是客氣，不如說是變得生分，有一種微妙的距離感，橫亙在原本親密無間的眾人之間。

不過，究竟是為什麼呢？就算歷經了結婚的幻象，如果每個人都有參與的話，在相對公平的立場下，不該產生疙瘩才對。

正當我苦思之時，幻櫻再次開口。

「因為她們察覺了某件事，只是一直沒有人開口明言……如此而已。」

「什麼事？」

幻櫻頓了一下，然後緩緩道出解釋。

「……來觀禮的賓客。」

「來觀禮的賓客？」

什麼意思？問題出在來觀禮的賓客身上嗎？

在一愣之後，透過賓客這個關鍵詞，隨著靈感貫通意識的瞬間……某項一直被我下意識忽略的重大問題，躍然浮現於眼前。

……確實。

不管是雛雪、風鈴、幻櫻、輝夜姬、沁芷柔，還是桓紫音老師，每個人做為新娘時，在各自的婚禮中……來觀禮的賓客，都有些問題。

問題並不是在於，有哪些賓客已經到場。

而是在於……有哪些賓客未曾現身。

幻櫻望著頭頂的樹先生，輕輕嘆了口氣。

然後，在複雜的神色中，幻櫻輕聲提出質詢。

「……其他人呢？未來的某人結婚時，未來的怪人屋其他成員……在哪裡呢？」

在飄落的櫻花之中，我不禁陷入沉默。

是啊。

當未來的某人結婚……例如沁芷柔結婚時，曾經的怪人社……曾經的怪人屋成員，在哪裡呢？

而這並不是巧合。因為在風鈴、幻櫻、輝夜姬等少女的大婚之日，其餘怪人屋成員，依舊一個也不見蹤影。

怪人屋成員之中，就只有身為婚事女主角的那個人會現身，僅此而已。

隱藏於表面之下的癥結點，其中蘊含的意義，一旦細思……難以言表的苦澀與哀意，就會湧上心頭。

這是不是代表著，曾經親密無間的這些少女，會在某種可能性的未來裡，彼此分道揚鑣……

成為曾在對方生命中留下重大痕跡的……昔日過客。

思及此，我不禁默然。

在沉默中，那一直不願被我深思的問題，隨著代表未來的真相呈現，也終於浮出於眼前。

……是啊。

其實我明白的，我早就明白。

透過這些年的點滴相處，透過婚禮上的真情告白，我早已明白，怪人屋的這些少女，對我早已戀情深種。

但是，我只有一個人。如果我跟怪人屋裡的某人交往了，甚至是結婚了……其他人該怎麼辦呢。

對我全心付出的這些少女，在遭受打擊之後。她們該用什麼態度來面對從此變得異樣的世界……該對我，以及正在交往的對象，露出什麼樣的表情。

強顏歡笑嗎？不，那只會將原先血淋淋的傷口再次挖深擴大，在夜深人靜時，因痛徹心扉而暗自流淚。

視而不見嗎？不，越是接近彼此，內心的痛楚只會越來越盛。對友人的情感……與對意中人的依戀，最後將會化為刻骨蝕心的毒藥，日復一日地加深苦痛……最後，就連麻木不仁的情感面具……也將從臉上剝落，再也無法喬裝自我。

在沁芷柔成為婚禮女主角的未來，只有沁芷柔一名少女出現。

而在風鈴成為婚禮女主角的未來，依然只有風鈴獨自現身。

其他成員的情況，亦如是。

但是，沒有出現的怪人屋其他成員……肯定，也並不是厭惡了彼此。

曾經背負彼此生死的她們，於無數時日所建立起的交情，並沒有那麼脆弱。因此，她們無法厭惡彼此，無法真正憎恨對方。

可是，那眼睜睜看著意中人與別人交往並結婚的痛苦，並非一句「我無法厭惡妳」、「我並不討厭妳」，就能藉此釋懷。

因為，人是複雜的情感動物。

很多時候，單方面釋出的善意，只會化為比起惡意更加令人痛苦的、半灰澀的混沌情感，鑽入本想自我保護的心房，留下再也無法彌補的裂痕。

就像不斷試圖掐滅小孩自我意志的父母……一意孤行地將無悔之愛傾注其中，盼望孩子走上自己認為的良好道路。正因為是沉重的善意，所以才令人難以拒絕，所以……才令人黯然神傷。

而怪人屋的眾少女，也是如此。

她們在過去，以自身的光輝照亮彼此。在生死懸於一線的險境中，步步為營，彼此扶持，才能走出死境。

然而，正因為對於對方的光輝太過燦爛耀眼——正因為對方在自己的內心占有如此重要的地位，那由善意所轉換的痛苦情感，才會令靈魂都為之震顫……令內心最深處的柔軟地帶，都因痛楚而備感煎熬。

所以，最重視夥伴的她們，會遠離彼此。

所以……最喜歡怪人屋的她們，會從怪人屋離去，徒留充滿回憶的空房。

而……造成這一切的原罪之人，毫無疑問是我。

只要我做出了抉擇，在圓滿了一條未來道路的同時，也代表……抹殺了其餘道路存在的可能性。

幻櫻再次緩緩開口。

「我相信，不管你最後選了誰，怪人屋的其他人，都不會心懷怨恨。她們都是善良的好女孩，願意誠心祝福他人。但要求因傷心而落淚的她們參加婚禮，未免也太過殘酷……」

「……所以，在婚禮上，不管再怎麼張望，也看不見其餘怪人屋成員的身影。」

幻櫻的話語說得很明白。

可是，我終究還是得做出抉擇。

無論即將面對的現實……如何艱辛。

無論銘刻靈魂的痛苦……何其深刻。

越是拖延，到了後來，所造成的傷害只會更加猛烈，化為日夜折磨內心的夢魘。

幻櫻見我沉默良久，微笑著接過話題。

「柳天雲，人家可是很聰明的哦。大概沒有人比我更聰明吧。」

「咦？啊、嗯嗯。」

幻櫻忽然誇讚自己聰明，雖然這是事實，但我依然有些不知所措。

接著，幻櫻嘻嘻一笑。

「面對這麼聰明的人家，你就沒有要請教的意思嗎？」

「請教？呃……」

說是請教。

可是，這種話，我怎麼可能問得出口。

幻櫻觀察我的表情，大概是猜中了我的內心想法，微笑著將話語接續。

「……既然你問不出口，那人家就直說吧，現在你有兩種選擇。」

「兩種選擇？」

我一怔。

幻櫻接續話語。

「第一種選擇，是像在『未來與分歧之鑽』裡看見的未來那樣，走上其中一條道路，實現其彰顯的未來。你可以與我交往，也可以選其他人交往。雖然會有很多人因此黯然神傷，但也因此……會有人得到幸福。」

有人黯然神傷，也有人會因此得到幸福……嗎？

見我沉默思索，幻櫻微微一笑。

「當然，我強烈建議你跟人家交往。因為……如果錯過這麼可愛又聰明的妻子的話，一輩子不會再有第二個了哦？」

幻櫻露出似笑非笑的表情，我聽不出她這話有幾分認真，但她那對我輕輕眨眼的表情，實在相當可愛。

接著，幻櫻繼續往下解釋。

「而第二種選擇……是將『未來與分歧之鑽』看見的五條分歧之路，與原先的主道路重疊。如此一來，在原先的六種抉擇之外……將額外被締造出第七種……堪稱奇蹟的可能性。並藉此實現出……所有道路都能夠被圓滿完善的終點。」

第七種，堪稱奇蹟的可能性……嗎？

實現出……所有道路都能夠被圓滿完善的終點？

我沉默著，慢慢思索著幻櫻的話語。

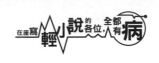

而說到這，幻櫻臉上的笑容慢慢收斂，變得嚴肅起來。

然後，她調整了一下坐姿，用正坐的姿勢坐下，最後認真地望向我。

「那麼，柳天雲……你會怎麼選？」

望著幻櫻，思及剛剛幻櫻所提及的兩種選擇，兩種通往不同未來的方向，我緩緩道出思索過後……所得出的答案。

「我會選……——」

在足以將櫻花吹飛遠揚的風勢之中，我的話聲幾乎被風所吞沒。

但幻櫻終究還是聽清了，我所說的話語。

在聽見我的回答後，幻櫻露出了然的微笑。

四周，隨風飄落的櫻花，依然未曾止息。

（在座寫輕小說的各位，全都有病12.5　完）

後記

大家好，我是甜咖啡。

時光飛逝，距離《有病》系列的完結，不知不覺已經相隔一年以上。

其實長年以來，咖啡在寫作時始終想著「將內心的治癒傳達給大家」這樣的理念，於是在經過考慮後，《有病12.5》誕生了。

如果大家看完本書感到治癒與幸福，那就太好了。

再來，我們來聊聊《有病》裡的人物。

從故事前期，一直到結局為止。柳天雲無疑是變化最大的一位，他對於「人」字的理念，隨著心態的成熟，看出的世界有了變化，因此對此……亦產生了不同的理解。

到了後來，他已經很少掩面大笑。因為他不再需要依靠虛張聲勢，來保護身為獨行俠的自己。

從故事初期做為起點，到了後來，柳天雲身旁的夥伴越來越多。他由不願與他人共處的孤僻少年，逐漸轉變為能守護珍視之人的成熟男人。

這之間的變化，很大。

之所以變化，是因為周遭的夥伴對他產生了影響。

幻櫻、雛雪、風鈴、沁芷柔、輝夜姬、桓紫音老師，每一名少女的出現，都讓柳天雲領悟了一些事，她們可以說是柳天雲的人生導師，但又同時從柳天雲那邊得到了類似的幫助。

彼此互助……相互影響……可以說，昔日怪人社的成員，如果少了其中一位，他們就無法走到最後……無法在笑鬧中，共同經營平凡而微小的幸福。

然而，即使是幸福，透過不同的選擇，同樣也分為很多型態。

在故事的最後，柳天雲會如何抉擇、想如何抉擇、該如何抉擇……此刻看著後記的你，想必心中也有了答案。

《有病》系列寫到這裡，咖啡已經很滿意了。這本番外，應該就是這個系列的最後一集。

如果喜歡咖啡寫的作品，也可以觀看咖啡目前正在連載的新作《笑容崩壞的女高中生與不能露出破綻的我》哦。

在本書中曾登場提及的十宮亂鳳，就是《笑崩》的主要角色之一。這本書是由手刀葉老師與廢棄物少年老師共同插畫，真的非常感謝兩位大神繪師的幫忙。

另外也非常感激編輯替有病所作的各企劃，以及必須向替《有病12.5》繪製婚紗插畫的各大神繪師，拜以十二萬分的謝意。

一直以來，多虧大家的支持，咖啡才能一路走至今天。之後咖啡也會繼續加油，努力寫出更好的作品。

萬分感謝！

浮文字
在座寫輕小說的各位，全都有病12.5

著　　者／甜咖啡
封面插畫／手刀葉
文字校對／施亞蒨
發 行 人／黃鎮隆
副總經理／陳君平
副　　理／洪琇菁
國際版權／黃令歡、梁名儀
執行編輯／曾鈺淳
美術編輯／李政儀
企劃宣傳／邱小祐、劉宜蓉
內文排版／謝青秀

出　　版／城邦文化事業股份有限公司 尖端出版
台北市中山區民生東路二段一四一號十樓
電話：（〇二）二五〇〇—七六〇〇
傳真：（〇二）二五〇〇—二六八三
E-mail：7novels@mail2.spp.com.tw

發　　行／英屬蓋曼群島商家庭傳媒股份有限公司城邦分公司　尖端出版
台北市中山區民生東路二段一四一號十樓
電話：（〇二）二五〇〇—七六〇〇（代表號）
傳真：（〇二）二五〇〇—一九七九

中彰投以北經銷／楨彥有限公司（含宜花東）
電話：（〇二）八九一九—三三六九
傳真：（〇二）八九一四—五五二四

雲嘉經銷／智豐圖書有限公司　嘉義公司
電話：（〇五）二三三—三八五二
傳真：（〇五）二三三—三八六三
客服專線：〇八〇〇—〇二八—〇二八

南部經銷／智豐圖書有限公司　高雄公司
電話：（〇七）三七三—〇〇七九
傳真：（〇七）三七三—〇〇八七

香港經銷／一代匯集
香港九龍旺角塘尾道六十四號龍駒企業大廈十樓B&D室
電話：（八五二）二七八三—八一〇二
傳真：（八五二）二五八二—一五二九

新馬經銷／城邦（馬新）出版集團Cite（M）Sdn. Bhd.
E-mail：cite@cite.com.my

法律顧問／王子文律師　元禾法律事務所
台北市羅斯福路三段三十七號十五樓

二〇二一年二月一版一刷

■中文版■

郵購注意事項：
1.填妥劃撥單資料：帳號：50003021戶名：英屬蓋曼群島商家庭傳媒(股)公司城邦分公司。2.通信欄內註明訂購書名與冊數。3.劃撥金額低於500元，請加附掛號郵資50元。如劃撥日起 10～14日，仍未收到書時，請洽劃撥組。劃撥專線TEL：(03)312-4212 ・ FAX：(03)322-4621。E-mail：marketing@spp.com.tw

國家圖書館出版品預行編目資料

在座寫輕小說的各位，全都有病12.5 / 甜咖啡作.
-- 1 版. -- 臺北市 : 城邦文化事業股份有限公司尖端出版 : 英屬蓋曼群島商家庭傳媒股份有限公司城邦分公司發行, 2021. 02

冊； 公分

ISBN 978-957-10-9353-6（第12.5冊 : 平裝）

863.57 109019990